雅众
elegance

**智性阅读
诗意创造**

[日] 伊藤诗织 著

匡轶歌 译

裸で泳ぐ

裸泳

中信出版集团 | 北京

雅众文化 出品

致中国读者

之所以能实现裸泳的心愿，皆缘于我在中国的美好际遇——为出席前作《黑箱：日本之耻》的宣传活动，我踏上了赴中国的巡回之旅。其间，邂逅了无数热心的读者，也与各界友人围炉共坐，领略了中式火锅炽热、爆辣的滋味。

就在开启这段旅程的前夕，我曾试图了结生命。其时，也正值针对山口敬之的民事诉讼即将进入庭审的讯问环节。我被痛苦击落，内心明明渴望活下去，却不知该如何卸去为了抵御伤害而缠裹在身的重重盔甲，承受着难以承受的重荷，对此却浑不自觉，最终，沉入了不见天日的水底。好在，经历了诸般挣扎，我重新浮出水面，迎击庭审的挑战，仿佛浮游于幽暗的海面，千辛万苦后，总算半带恍惚地，开赴了这趟中国之旅。是中国的读者们，分担了我内心汹涌却难以言表的伤痛，教会我卸掉铁甲的方法。而今，我终于得以身无一丝挂碍地自在畅泳，亦敢于书写不加任何粉饰的"赤裸裸"的文字。对你们的盛情与善意，我感激不已。

伊藤诗织

目 录

I 寻找"我的家"

家为何物？ / 3

遗愿清单 / 7

儿童票 / 11

个人魅力 / 17

明美 / 19

相逢在韩国 / 23

当空气注入 / 26

初衷与缘起：为何制作一部关于"我"的纪录片 / 28

睡意的魔法 / 31

最后的信笺 / 35

日语研究·何谓恭谨？ / 38

闭上双眼 / 42

谁是恶魔？ / 44

II 噩梦的进化

扎根的感觉 / 49

"毒谷"的孩子 / 52

女性主义与头皮护理 / 58

大学里未曾学到的事 / 64

　　日语研究·"粗口" / 69

　　所谓家人 / 72

　　我叫伊藤珍妮 / 78

　　在塞拉利昂偶遇前男友 / 83

　　日语研究·关于主语 / 88

　　塞拉利昂"疟疾历险记" / 90

　　今日，便是生命最后一日 / 96

　　炸面果之味 / 100

　　噩梦的进化 / 104

　　用美食寄托自己 / 109

　　可以上路了，我能行 / 115

　　逃避已久的声音 / 119

Ⅲ 直面愤怒

　　十三岁 vs. 性同意 / 125

　　摊尸式 / 130

　　分手 / 132

　　十四天 / 139

　　防控隔离与饮酒 / 143

　　六角恐龙 / 149

　　怒 / 154

　　裸泳 / 160

　　心爱的人 / 164

　　布艺拼贴 / 168

睡衣散步的建议 / 174

投球的方式 / 176

动物的呼吸 / 178

你一个人住? / 181

偶然 / 188

IV 从"活下来",到"活着"

无辣不欢 / 195

幽灵漫步 / 199

从"活下来",到"活着" / 202

周年日的突破 / 205

逃离"信息天堂" / 209

女性主义者与约会软件 / 212

写给十四岁的我 / 216

起点线 / 221

醉笔 / 226

团地的摇篮 / 229

我回来了 / 233

代后记 / 236

I 寻找"我的家"

家为何物？

"家"这个字，在你心目中意味着什么？

这或许是人生之中，我问得最多的一个问题。对旅途中偶然邂逅的陌生人，对我内心喜爱的人，在谈天说地的时分，尤其是把酒畅饮的一刻，它总会浮上心头。我一次次拿它来询问对方，但从来不曾问过自己的家人。

有人告诉我，家就在当下置身之处，也在魂牵梦系、心之所念的土地上，更可以在任何自己唤之为"家"的地方。"确实如此啊！"我内心表示理解，行动上却始终在寻寻觅觅。是从何时开始的呢？是从申请了高中的海外留学项目，离家之日起？还是在我年纪更小的时候，跑去邻居家玩（经常是未经邀请擅自登门），如同在自家一样开心，仿佛变成了邻家的小孩？也许多年来我不断摸索，一直试图找到那个属于自己的家。

即使在三十二岁的今天，我仍未放弃追寻。仔细想来，自打高中毕业后，我一直过着搬来搬去，不断从一处迁至另一处的"暂住生活"。后来全球新冠肺炎疫情暴发，于我而言，能够在一个国家长期定居下来，还是平生头一回。

每次回到日本，用来临时落脚的事务所里，晚间打铺盖睡觉的地方都特别狭小。这时我便有了机会，可以在深夜跑去江之岛附近的海岸边散步。海面送来的凉风，与地球上任何地方的风无异，令我感到安心。

一年前（二〇二〇年）的初夏，我在三十一岁生日当天，请朋友带我去海边散心。当时我们一路直达大矶町[1]，不仅玩了水，还登上了丹泽山。由于新冠肺炎的原因而滞留日本以后，我发自内心渴慕亲近大自然，尤其眷恋大海的气息。作为三十一岁生日纪念，我巨细无遗地开列了一张"遗愿清单"（类似"死前希望达成的 n 个愿望"），开篇第一条，我便写道："希望住在能够望见大海的地方。"半年后，我怀着愈发急切难耐的心情，走入逗子海岸的一家房屋中介公司，在那里发现了一套两居室公寓，居然能将富士山与大海同时尽收眼底，每月房租却只有十万日元[2]！若是在东京，能遇到如此完美的房源，简直想都不敢想。尽管对当地的情况一无所知，我依然拍了板，"行，就它吧！"。随即，便搬去了叶山町。

搬家时间在二〇二〇年十二月。渴望亲近海水的我，穿上轻装潜水服，实现了冬季潜水梦（这段日子我的新梦想是成为一名海女），时不时扎个猛子，来次俯冲，或与友人燃起篝火，享受一场海滩烧烤。七个小时围着火堆相对而坐的结果，就是和喜欢的朋友交换了太多心里话，为了避免落入过度亲昵俗套的交往模式，我们有时不得不刻意分开几天降降温度。火焰的力量就是如此惊人！

自那以后的半年，我内心无数难以形诸言语的情绪激流

---

[1] 大矶町：位于神奈川县中南部，南临相模湾，有诸多海滩度假村。——编者注
[2] 约等于5200元人民币。——编者注

与暗涌，悉数被大海收纳并调伏。现在，我已再次开始寻觅新的居所。当初计划从叶山町隔三岔五回趟东京市区，既可高效且游刃有余地处理工作，同时又能兼顾一种亲近自然的平衡生活，可惜，这份梦想对心智尚未成熟的我来说，有些言之过早。待到醒悟这一点时，我已在拼命物色新住处。尽管沉浸于大自然的治愈力，但我依然怀念昔日呼朋唤友的日子，渴望住在繁华热闹的街区，要么随时出门游玩，要么忽逢三五好友突袭式地登门来访，要么去美食飘香的街上走走逛逛……

最近个把月来，我把工作也晾在一旁，废寝忘食地看遍了一切可能到手的房源。但无论怎样孜孜以求，依然会有一无所获的时候。通常而言，这说明我内在的某个地方，必定存在一些自己需要直面的问题。如今我已多多少少意识到了这一点。

或许，我在为某些东西所苦——苦于打开网络，苦于面对那些诽谤中伤的话语。问题并不在于"家住哪里"。

于是，为了躲避这份痛苦，我寄身大自然，只会侧耳倾听极少数值得信赖之人的声音。实际上，既然从事着"传达真相"的工作，我本该敞开心扉，不设防、无保留地聆听来自各种人的声音。然而，为了能在日本硬起头皮待下去，我的身体建立了一套应对痛苦的防御机制。

如今，所有邮件往来一概是助手在帮我打理。不知从何时起，我甚至不再登录自己的邮箱。连社交软件 LINE、MSN 上喜爱的朋友们发来的消息，我也不再及时收启。智能手机于我来说，正沦为一个毫无存在意义的电子设备。

前几年，尚能前往海外的时候，我从物理上拉远了与日本的距离，也远离了日文生态下的毁谤、谩骂。在周遭没有人使用日语的环境里，我和伙伴们彼此讲着更忠实于直观感受的语言——英语。我也有心思好好工作。某些在日本被视为天经地义的东西，在英文社会却不再"普通"或"平常"。我内心生发出一种安全感，支持我坦然做自己。

走进中介公司，我提出想物色一套"具有开放感的房子"的需求，然而，"开放感"这东西，据中介说，标准因人而异。到头来，我只能靠自己，一连数日泡在租房网站上一页页地翻寻。我记得，在伦敦的英国国家剧院观看话剧《巨浪》时，主人公站立于舞台中央，口中高喊："I am home!"（我就是家。）

所以"家"，究竟为何物呢？

2021.6.19

遗愿清单

1. 在印度从事志愿者工作。
2. 前往热带莽原，救助野生动物。
3. 去智利的报社实习。
4. 在哥斯达黎加从事海龟保护工作。
5. 前往哈萨克斯坦，寻找一个容貌酷似自己的人。
6. 挑战攀登珠穆朗玛峰。
7. 在意大利那波利著名的蓝洞里畅泳。
8. 在死海里游泳。
9. 去纽约生活。
10. 在里约热内卢的嘉年华会上跳舞。
11. 有可能的话，去印度修习瑜伽，使其成为每日的生活习惯。
……

2011.11.19

为了制作纪录片，我重读了自己早年留下的日记，有几点新发现。其中一点是，凡是用英文记叙当时心情的地方，必定会使用大写字母，或标有粗粗的下划线。

在上一篇随笔中我曾提到，每当回首人生，或为了什么而烦恼时，我总会列一列"死前希望达成的 n 个愿望"清单。

二〇一一年，我在西班牙巴塞罗那的某大学里念书时开列的这份"遗愿清单"，因为是兴之所至，想到什么便写什么，到了第十二条时，脑子怎么也冒不出新灵感了，便留下了一处空白。当时，我坐在背街小巷的一处露台上，小口啜饮着一块五欧元一杯的咖啡牛奶[1]，整理着"想要达成的心愿"。时年二十二岁的我，尽管兜兜转转，绕过不少远路，但从未停下奔向梦想的脚步。

高中毕业以后，我进入纽约的一所大学修习新闻专业，成为一名记者。这亦是我梦想的一部分，属于计划内的一步。

当我告诉父母，希望去美国读大学时，得到的答复是：

"以诗织的条件，足够出社会工作了。干吗不直接工作呢？"

"不过，如果你真心想上大学，爸妈也不会反对。你自己想办法吧。"

——是他们一贯的反应。对我的事，向来发自内心予以信任，给了我充分的安全感。又或许，单纯因为我是个对家长的说教一律听不进耳朵里的孩子。但我还是感觉，父母对我的教育问题，并不是特别上心。那阵子，为此多少有些失落。

该怎么做，才能凭自己的力量漂洋过海读大学呢？美国大学的学费过于高昂，往往足够买下一辆豪车（尽管豪车卖多少钱，我也不太清楚），或造一栋房子（大概吧）。"何况

---

[1] 咖啡牛奶：Café con leche，一种在意式浓缩或高浓度咖啡中兑入牛奶制成的饮料。——本书下方注释如无特殊说明，皆为译者注。

还要背一屁股学生贷款",经常在美剧中看到失业的主人公如此抱怨。许多人甚至要花费几十年来还贷。

遗憾的是(不,也许是幸运?),当时的我,找不到什么办法在美国申请学生贷款。同时又了解到,由于父母的收入达到了一定的标准,也不具备申请日本的助学贷款的资格。"你自己想办法吧。"被老天分配了这样一对撒手不管的父母,我能怎么办呢?我还咨询了日本的学生援助机构,也始终没能得到回复(至今耿耿于怀)。

不过,篇首那份在巴塞罗那开列的遗愿清单里,用大写字母写着"去纽约生活"。这份心愿,次年便实现了。我终于在梦想的城市里开启了学习生活。甚至临近开学之前,同样以大写字母着重标记的"去印度修习瑜伽",也实现了。

且完全如我所愿,从印度返回纽约后,我也将瑜伽作为每日的例行功课,一直坚持了下来。

类似这样的清单还有许多。三十一岁生日之后开列的清单里(见次页图片),除了写有"住在能够望见大海的地方"以外,我又添加了一条"写写随笔,记录自己的痛苦与治愈的心路"。直面曾经的痛苦与过往的感受,并不是件简单轻巧的事,但能够像此刻这样重温一下早年的心愿,写几句随感,或许是幸福的。

顺便一提,想要攀登珠穆朗玛峰,或某座"巍峨无比的高山"的愿望,时隔十年依然停留在纸面上。找个日子,出发去实现它吧!

2021.6.21

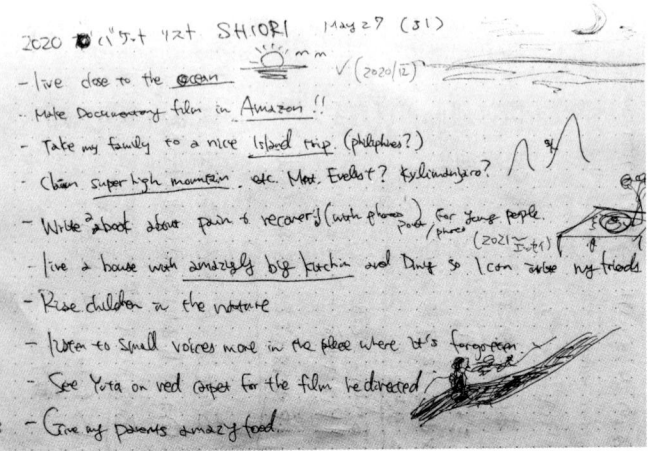

伊藤诗织在三十一岁生日后所列的"遗愿清单"

儿童票

此刻是早晨七点四十八分。我在故乡的一间咖啡连锁店里写下了这篇文字。

昨天,家人到叶山町来玩,于是,我趁便搭他们的车子回了趟老家,时隔多年,又在自己早年的旧房间里住了一夜。今日安排了一场采访,地点在老家相邻的车站附近。

最近,我给自己制定了一套每日例行的流程:首先,早晨六点起床;其次,七点准时外出,走进一家从晨间开始营业的咖啡店(通常唯有连锁店才会在晨间开门),随后开始处理我素来最不擅长的案头工作;最后,如果在一家店待腻了,就换换地方,继续干活到午间。自己喜欢并拿手的事务,我会尽量安排到下午进行,要么接受采访,要么见客会友。对近来总是难以集中精力的我来说,依照这套日程行事,我猜应该会比较高效顺畅吧。尽管才执行了不到一周,感觉却颇为得心应手。往往在奔赴哪里的路途中,或远离日常的场所之时,我才能全神贯注地做事。现在不比从前,过去我时常出国,过着更为"游牧民式"的生活,自然而然可以拥有这样的时间与空间。

今日的采访对象是我慕名已久的专栏作家伊是名夏子。以前我制作的纪录片当中,包含一些儿童帮助身体残障的父母处理日常事务的画面，伊是名女士观看之后，针对未成年照顾者的问题，以及媒体应秉持怎样的叙事原则等，委婉地给出了不少意见。在这样的机缘促使下，我与她建立了联系，尤其得知她恰好居住在我老家所在的城市时，心中更对她单方面生起了一种亲近感。

据说，目前她也正为网络上的恶语中伤而苦恼。二〇二一年四月，常年靠电动轮椅出行的伊是名老师，打算与家人、护工一同外出旅行，然而，在到达目的地后的某座无人值守式车站内，却遭受了"谢绝登车"的待遇，理由是该车站仅设有步行式楼梯。尽管此事的最终结果是站员协助她将轮椅搬上了台阶，她也成功在目标车站下了车，但之前在车站内，她足足为此交涉了一个小时之久，外加其他种种不愉快的体验，促使她撰写了一篇感想文，发布在自己的博客上。而该篇博客，却引来了接二连三的威胁、恐吓与攻击性私信，网暴甚至殃及了她的家人与护工。可见不仅涉事的车站，整个日本社会，以及每个进行诋毁谩骂的参与者的内心，都未能建立起"打造无障碍社会"的共识。

出了伊是名老师的家门，我缓步走向学生时代三天两头跑去拍大头贴的购物中心，脑子里仍回味着方才两人的谈话，心想老师本人的气度品格，与她装饰在桌上的那盆向日葵实在匹配得很。及至来到车站附近，我才猛然察觉，不知从何时起，站内的各种硬件设施已经完成了无障碍改造。莫非从最初起，它一直就是这个样子？

如此兀自寻思着，初中一年级的某段记忆油然复苏在心头。那时的我，整日穿着一身明蓝色运动服，辣眼睛的程度，用"老土"二字不足以形容，简直如同遭受了什么处罚。

某天，结束社团比赛后的回程中，我和朋友一道走出车站检票口。当时，我衣服的手腕部位，还花里胡哨地绣有橙红色的"伊藤"字样。

想来当时的我，大概是作为"新鲜出炉"的初中生，尚在一脸稚气的年龄吧。总之印象最深的，就是自己身上那件运动服，呈现着令人眼晕的明蓝色。当天，弟弟妹妹的小学举办运动会，我与前去加油助阵的父母约好，等全家会合后一起吃便当。于是，我和同社团的朋友在邻近的车站下了车，准备往小学赶。

然而，走到售票机前，我却发起愁来。妈妈交代我，过去之前先用公共电话打她的手机联系一下。可如果打了电话，手里的零钱就不够买接下来的车票了。步行过去的话，又会赶不上午餐时间。此时，我灵机一动，一个好点子浮上心头。"买儿童票也可以呀！"我得意地宣布，随即给自己买了张儿童票。依稀记得当时我手头仅有一百日币，儿童票花费八十，剩下的零钱还足够打电话。

当我拿着购入的儿童票通过检票口，正往站台方向走去时，身后忽然传来一声暴喝："你！给我站住！"

一位身穿制服的成年人，正怒气冲冲向我大吼。怎么办？拔腿逃走？还是乖乖道歉？就算逃到站台去，也是死路一条……与其说我在盘算如何应对，不如说那一刻脑子已僵作一团。站员的怒吼声堪称惊天动地，听得我心里打战。周围的乘客纷纷扭过头来，好奇地张望这边，不知发生了何事。

那之后，我到底被站员训斥了多久呢？反正从学校、学年、班级到姓名，依次被盘问了一遍。自己会不会因为此事被社团开除？又或者……被勒令退学？我心中惴惴不安，拼命向站员鞠躬道歉，却并未得到对方的饶恕。眼泪瞬间涌了出来。旁边的老奶奶担心地表示，愿意替我垫付车资。即使如此，站员的态度依旧强硬不肯通融。我好后悔自己干吗要吝惜那区区二十元钱。

老实讲，当时我真心认为自己还是"小朋友"。说是中学生吧，从年龄来看，却不具有从事打工活动的正式资格，凭什么单单从小学升入初中，一下子就要购买成人票呢？

买儿童票乘车，对我来说其实并非头一回。见我这么做，有时一起乘车的成年朋友会温柔地提醒，"已经是初中生啦，要好好买成人票哦"，并帮我补齐差价。但从未有谁回答过我，明明我还是个小孩子，为什么唯有车票必须支付成人的价格的疑问。为此，我内心一直暗暗不服气。这样的我，丝毫没有罪恶感，总会以一种"我是小孩子"的心态购票乘车。

结局是，我被站员狠狠一通怒骂，大哭一场。末了，尽管赶到了小学校，但究竟是得到了乘车许可呢，还是走路抵达的，如今我已没有印象。那天在小学校园里，我重逢了已升入私立中学的儿时旧友，唯有她身上那件连衣裙的印花图案，至今仍清晰地烙印在我脑海中——美少女杂志 *Pichile* 倍加推崇的高端童装品牌，印有兔子与棕榈树花纹的当季新款。

身穿明蓝色运动服、哭肿了双眼的我，装作若无其事地与那个女生打招呼；为了怕露馅，在父母面前也一直强作镇定。

次日回到学校，我依旧提心吊胆，生怕戴眼镜的男站员不知何时暴怒地冲到面前来。

然而，在我渐渐要将此事淡忘时，辅导老师却忽然把我叫到走廊，狠狠训斥了一番。果然，此事还是被通报到了学校。尽管我曾那样苦苦哀求站员不要告知学校。

诚然，犯错的人是我。但我依然希望，法律能将儿童票的使用年限，延长至我们真正"法定成年"的那一天。即使身体已经成长，我们却并不具备经济能力，内心也依旧孱弱稚嫩。

这件事倘若发生在今天，面对勃然大怒的站员，哪怕我心中存有不甘，也能以更妥善的方式致歉，并从容应对。假如觉得站员没必要过度苛责，也能硬气地回敬一句："去你的！"可惜，当年仅仅十三岁的我，却将体验到的一切指责悉数吸收内化了。

自那以后，因参加社团比赛而乘坐电车时，我常会没来由地突然晕倒在车厢内。这样的情况发生了好几次。鉴于晕倒的次数过于频繁，有时甚至会撞伤头部，我被父母带去街道的诊所接受了检查。在我脑子仍一片混沌，尚未反应过来具体发生了什么时，便停止了社团活动，并办理了住院。

那段日子，我谜一般地接二连三晕倒，以及低到叫人怀疑"这丫头还活着吗？"的低血压，病因到底在哪里，一直搞不清楚。总之辗转求医，连续跑了多家医院之后，用某位医生的话说：这是属于青春期的常见症状。

是啊，大约十分常见吧。在这个年纪，心的轮廓尚未成形，往往也未找到自己在这个世界的立足点。然而，各种规条、戒律以及成人们审视的目光，却犹如道道箭矢，猝不及防落在了少年人的头顶。

住院生活中，我常去"院内辅导班"上学，即使一身睡衣打扮也能得到允许。在那里，我和许多真真切切以各种形式直面生死的孩子们同桌学习（而我又模糊记得，班里几乎很少摆放桌子）。与患儿们共度的时光，使我深切体会到，"活着便好"，"我就是我"。如今回想，那段日子似乎给一颗脆弱稚嫩的心，终于裹上了一层保护膜。

采访结束后，我和老家当地的朋友共进了午餐，顺便把印有托马斯小火车卡通图案的雨伞送还给她，之前她曾带小孩来叶山町玩，把伞忘在了我家。饭后，朋友又驾车捎带一程，把我送到了有急行电车停靠的车站。

当年我曾遭受站员怒骂的那座每逢慢车才会停靠的小站，在车窗外飞速掠过。我一时忘记了，自己本打算如果再碰到那名站员，一定要在心里对他道声："去你的，谢谢你！"

那么，就留待下次好了。不过，这件往事在我心中的影响力，如今已淡化到微乎其微。真好。继续加油吧！

2021.6.21

个人魅力

实在物色不到理想的房源。"那么,索性买套二手的房子或公寓,尽自己所能,重新装修改造一下如何?铺装水管之类的活儿,就交给专业人士去弄好了。"我心血来潮地想。

为了事先确认一下都存在哪些可选项,我把老早前整理的一份"理想的家"方案书,发给了房屋中介公司,决定与他们开个碰头会。一番研究后,最终选定的房源,是位于某高层建筑的一角,已实际改造过的一居室。一处更能激发想象力的空间,以及梦想中的家居,该是什么模样?我试着将自己的构思讲给项目负责人听。对方有家装改造设计师以及协助客户购买房产的咨询顾问,两者皆是该领域的专业人士。

日常浮躁好动,注意力难以集中,有点 ADHD[1] 倾向的我,最近尝试建立起一套固定的每日流程,因此一些平素不太擅长的事务,近来也多少能处理得较为得心应手了。为了能每天有条不紊地执行这套流程,附近若是能有清早便开始营业的咖啡店,这处住所将是绝佳的居住环境。我向两位负责人陈明了这一点,并描绘了一番自己心目中的"理想家居"是

---

[1] ADHD:中文为注意缺陷多动障碍,俗称多动症。是一种常见的精神障碍,主要表现为多动、注意力不集中和容易冲动。

何模样。最后，从事不动产交易的专业顾问，一脸严肃地开口道："那个……叫什么来着，您得的那种病……"

此人是指我刚才提到的ADHD。不知为何，我一下慌了神，拼命澄清，"不不不，所谓ADHD，并没有经过医院确诊，当真只是我个人的主观臆测……后来上网做了套心理测试，结果得出了相当高的分数，所以我才寻思，哦，原来自己有ADHD呀。能弄清楚自己的性格倾向，也挺好的……"我翻来覆去解释着，也不知是在辩驳，还是肯定对方的质疑。最后又补充了一句："这也是我个人魅力的一部分。"

但顾问告诉我，以前有个与我具有相同特质的人，最终未能通过购房贷款的资质审核。他提到的事例，果真是针对ADHD的吗？我不清楚。但在我强调"这是个人魅力"之后，特意向他展露了一个笑容。

ADHD俗称"注意欠缺/多动症"，但在我看来，倒不如说是"注意力过剩，或对某项特定事物投入了过于强烈的关注"。如此命名的人，对我们这类人群实在缺乏想象力。真想如此敬告：莫非阁下才患有"想象力缺失综合征"？

将来，我也可能患上什么新的疾病或障碍症。届时该如何与之相处，不实际体验一番，则无从得知。不过，疾病也是构成自我认同的特质之一。到时候，真希望我能大大方方地宣布："这是我个人魅力的一部分！"此外，也希望贷款可以审批成功，那样一来，购房就会方便多了。

不过，买房子的事，暂且缓一缓也罢。

2021.6.21

明美

迎来三十二岁生日的那天早晨，醒来后，陪伴在我身旁的，是加奈。千难万险地活到今日，我内心首先要感谢的人，正是加奈。每当我心绪不宁时，就会去她家待上几天。（在我看来）想法、爱好皆与我同频的加奈，即使在我状态消沉、失控宕机时，也能平稳地运转如常，使我能安心地与她沟通、对话，仿佛在听取往日里元气满满的自己的意见。

早餐过后，回复了几封自己不擅处理的邮件。其中一封写给明美女士——我的英国妈妈。

如今，距我们初次相识，已经过去了四年。二〇一七年五月，我自行发声，将自己遭受性侵的事实公之于众。其后，正是她，田中明美女士，第一时间从伦敦向我伸出了援手。毁谤、中伤、赞美、恐吓、漠不关心……记者见面会后，公众的反应与过去无异，我在日本也难以继续逗留下去。想象到我的艰难处境，明美主动联络到我的法务代理人西广律师："麻烦转告诗织，请她来英国待一阵子。"

一位素昧平生的女性，从遥远的异国向我发出了邀请，愿意将我庇护在她的屋檐之下。老实说，起初我心中仍有戒备，因为对她的善意初衷一无所知。不过，多次经由在线聊天软件通话之后，我们迅速熟络起来。进展如此之快，待我反应过来时，已经登上了去往英国的班机。中途经停中国香港补充燃油、养护机器，需花费近十个小时。我趁机拐到机场内的酒吧，再也无须顾忌周围的眼光，点了杯啤酒一饮而尽。在东京的日子，我戒掉了一切外出饮酒的活动，此时生啤的酒香，瞬间浸润了四肢百骸。"人在日本，要时刻打起精神啊！"之前，我虽如此激励自己，实际内心早已渴盼着逃离。万千思绪在头脑里纷飞，从香港启程后我也一直失眠，一眼未合撑到了伦敦。

在盖特威克机场，明美迎接了我。

当我们远离市中心，刚一抵达里士满区的时候，我便感到之前始终处于禁闭状态的身体，由上到下的每一个毛孔，似乎顷刻之间悉数松弛开来。走出车站检票口，我情不自禁舒展双臂，大口做了个深呼吸——一个呼吸复苏的瞬间。

在流经里士满的泰晤士河畔，延伸着一条散步小道，犹如郁郁葱葱的绿色隧洞。手机尚未连通信号。我在明美家搁下行李，马上沿着散步小道慢跑起来。恍然回神，才发觉足足跑了将近十千米。就在两个月前，我连两千米明明都跑不下来。记者见面会后，我既不能返回自己住处，也回不了父母家，只能如字面之意——蜷缩在加奈家，小心翼翼屏息度日。那阵子，每日唯有夜跑到筋疲力尽，我方能安睡，于是加奈的男友担任教练，给了我不少专业的建议。

初抵伦敦的第一日，我仿佛能无休无止地跑到地老天荒。不过，初来乍到，为了不让明美担心，我还是拐回了头。

明美为我提供了一个自由呼吸的空间。随后,她便化身为我的"英国妈妈"。她不仅在自己家中开办了日语教室,还一手创立了为"3·11"东日本大地震中失去双亲的孤儿施与救助的团体"对日人道主义救援"(Aid for Japan),总是意气风发活跃在慈善事业的前沿。当时,独居的明美每日最期待的美食,便是早餐的新鲜草莓和什锦麦片(一种混合了坚果、果脯干的谷物快餐),以及用浓浓的牛奶冲泡出来的格雷伯爵茶;晚餐则是从伦敦当地的日料食材店囤购的冷冻纳豆和凉拌芝麻昆布。这种芝麻昆布,是当初我赴伦敦之前,明美唯一嘱托我购买的一样东西。我一下想不起它是什么样子的,唯恐出差错,买之前特意确认过好几遍。

明美身为日语教师,深受多数学生的爱戴。我在她家叨扰的那段日子,主要负责教室的课后清扫,时间如果凑得上,也会下厨做顿晚饭。在伦敦生活,很难轻易买到纳豆之类的食材,明美却向来慷慨,拿出纳豆来款待,令我内心十分过意不去。为了保证明美的饮食营养丰富全面,我也时不时做一锅配料足足的味噌汤来报答。不管我端出怎样的饭菜,她总会赞不绝口,且每晚不落地从冰箱里取出一瓶纸盒装白葡萄酒,斟入杯子,与我共饮。

这款纸盒装葡萄酒,如今已成为我生活中不可或缺的必备之物。不必回回费劲地开瓶,饮用起来轻松易上手。最关键是,一盒足有三升容量,相当于四支普通瓶装酒。纸盒为真空包装,酒水不易酸化,风味虽不属于最上乘的档次,却也称得上醇美可口。我热爱那段两人对酌的时光。

三十二岁的早晨,我给亲爱的明美发去一封邮件:

"成功地又长了一岁。多亏有你,明美,为我充值续命。今年夏天,我一定去伦敦看你!"

2021.6.28

相逢在韩国

二〇一八年十月,为了参加亚洲调查报道大会,我出差去了韩国首尔。

当时,正值 #MeToo 运动暴发将近一年。大批受害者女性出面发声举证,以《纽约时报》为首的各大媒体展开的调查报道为发端,运动的声势迅速扩散至全球各国,对我们新闻从业者来说,自然是不容忽视的重要议题。

会场设在希尔顿酒店,我在这里事先预订了房间,办好住宿手续,接下来,将在此处落脚三天。然而,踏进房门的瞬间,即刻感到阵阵寒意,我撂下行李,拔脚便返回了酒店大堂。

过去的记忆,在我意识的边缘不断敲击、闪回,我拼命将它们拂开,向刚刚抵达会场的记者们问好。

方才的房间,仿佛是由同一只饼干模子刻出来的,与记忆中那间噩梦不断的酒店套房,从布局、色彩、氛围、面积,到空间构成,都如出一辙。

好气恼。被猝然袭来的恐惧与闪回的记忆所轻易摆布的自己,让我觉得可悲又泄气。究竟需要多少时间才能平复呢?我向自己发出诘问。

尽管如此,身体是诚实的。只要踏入房间,我内里的一些物质似乎就会破碎、析出、向外溃散。愈是告诫自己"要坚强！打起精神来！"，就愈是会陷入恐慌。

每当此时，一顿爆辣的好菜，外加冒着碳酸气泡的玛格利韩国米酒，于我而言宛若救世主垂顾。意气消沉之时，火辣辣的美食是振作精神最有效的方剂。嘶嘶冒着气泡、微微甘甜的液体，仿佛温柔地将我包裹，体感格外舒适。待到回过魂来，发觉茶几上已堆满酒瓶，一晚晚攒下来，简直够打一场保龄球。

大会期间，适逢诺贝尔和平奖颁布获奖者名单。二〇一八年度和平奖的获得者，是刚果的妇产科医生德尼·穆奎格，以及伊拉克出身的人权活动家娜迪亚·穆拉德，二者皆致力于拯救那些在战乱纷争中惨遭性暴力凌虐的人群。"强暴，是最低廉有效的战争武器。"穆奎格医生的这句话，在世界各地不断得到残酷的印证。强暴不仅支配、控制、损毁他人的意志，更动摇了受害者家庭，乃至整个社群与社会共同体的根基。

在首尔逗留期间，我拜访了心中仰慕已久的人——被称作"原日军慰安妇"的韩国婆婆。

"我的心永远不会被击碎"[1]。向日本政府发声的宋神道婆婆，当年这句铿锵的发言，使我在二〇一七年初次听闻时，便暗下决心：不管最终诉讼结果如何，我都下定决心变作一枚试纸，亲身检验一下日本司法体系的成色，将自己遭受的性侵追究到底。结果目前尚未见分晓，但最初赋予我勇气的，正是婆婆这句话。

---

[1] 又译"我心不败"，同名纪录片于二〇〇七年制作完成。

我一直心怀敬仰的宋神道婆婆，于二〇一七年十二月辞世。遗憾的是，我未能得到直接面访的机会。正因如此，这次来到首尔，我要拜会那些在韩国本土持续发声控诉的婆婆，向她们当面表达谢意。

盼望已久的这天早晨，我来到一栋平房门前。门口有株高高的柿子树，枝头缀满了果实。金福童婆婆生着一双美丽的手。

当自己的手被她握住的瞬间，我仿佛变回了六神无主的小孩，哪里还能镇定地道谢，很早以前就憋在心里的疑问，还有诸多渴望求证的难题，纷纷涌向了嘴边。

"婆婆，什么时候才能停止哭泣呢？"

心中明明揣着答案，我依然抛出了问题。

"除非到死的那天，否则绝不会忘记。"

是啊。当然如此。

距那天见面，大约三个月后，金福童婆婆也踏上了去往天国的旅途。

这一次，大概她终于可以不再哭泣了吧。

不过，想到婆婆们年轻时遭受的痛苦蹂躏，我总会阵阵失神，眼泪决堤而出。即使在今日，必定也有谁与婆婆们一样，依然在哀哭不已吧。

真想抓住婆婆再追问一遍：

"这眼泪，究竟何时方能歇止？"

2021.7.4

当空气注入

浑身冰冷。呼吸越来越浅。身体渐渐僵硬,无法动弹。每当此时,加奈就会带我去做泰式古法按摩。

二〇一七年五月,那段记者见面会之后的日子。

为了守护一颗心,使它免于受伤,我终日蜷着肩膀,缩着身子。

"这下子该能喘得上气了吧?"按摩师以脚掌抵住我肩胛骨中间,用力向后牵引我的双臂。霎时间,氧气开始向我体内灌注,使我几乎发出痛快的高喊:"就是现在!"我好似一只被拍瘪的纸气球,时隔许久,重新注入了空气。

当空气注入,视野骤然开启,世界重新变得色彩纷呈。
当空气注入,头脑从浑浑噩噩中,一点点放晴。
当空气注入,冰冷的四肢开始慢慢回暖。

突然间,身体再次启动。
眼泪也汹涌而出。
按摩师吓了一跳。
"终于又能呼吸了。谢谢你!"

听到我的解释，她将我的头轻轻地揽在怀里。

随着我的心关机停摆，我曾一度觉得：索性就这样吧，让电池彻底断电也好。然而，身体渴望着氧气，竭力想要活下去。

做瑜伽的时候，同样会有"终于能再次呼吸"的感觉。不过，当身心全盘宕机，连瑜伽也无力启动时，我会把自己交托给泰式古法按摩，给萎缩枯竭的躯体，重新补给空气。

无力自救之时，不妨向谁请求外援。

2021.7.5

初衷与缘起：为何制作一部关于"我"的纪录片

仅仅在"灵魂遭遇杀戮"的一周之前，我还在日记中写道：

"我希望从事的工作，是经由讲述故事的方式，去触及并撼动人们的心灵。"

打从儿时起，我便渴望"长大做一名新闻记者"。心怀梦想一路走来，待某天实际踏入报道现场一瞧，却发觉大家的工作不过是单方面地输出讯息，并眼看它们被公众当作消费品，转瞬过气。目睹这样的现状，我每每烦恼不已。有没有什么报道形式，能够从容挖掘、呈现人与事物的真实本质？思考之后，我决定投身纪录片领域。正当我跃跃欲试，准备有一番作为时……

偏偏遭遇了性侵。立足今天，我可以不讳言地讲，假如当时遇到的是交通事故，而我对现行法律有任何不满之处，那么，说不定我早就去拍摄这方面的纪录片了。谁能料到迎头撞上的，我所经历的，偏偏是性暴力。

"一旦报了案，以往所有的努力，就全都泡汤啦！你在新闻行业里，恐怕再也难以立足了。"

办案的警员如此劝告——"泡汤"。就凭这句话，我之前所有的人生积累就会化为泡影？我多想一笑置之，心中却不寒而栗。我憎恨一切努力付诸东流。然而，假如扭过脸去，违背自己心知肚明的真相，去从事一份本该"传达真相"的工作，我会更不甘心。因为，岂止是以往的一切化为泡影，就连此时此刻的自己，也被彻头彻尾否定了。

那之后，我便开启了"纪录之旅"。之所以决心将自己遭受性侵，以及之后发生的一切悉数向公众披露，只因不管如何追寻和挖掘真相，正面直击日本司法的不合理、不公正现状，总会迎头撞上名为"权力""体制"的铜墙铁壁。在我之前，难道不曾有几人、几千人，不，几万人在这堵高墙前，咽下屈辱不甘的眼泪？我们深爱的姐妹，或生活在未来时代的孩子，也许将经历与我相同的遭遇。想到这里，我决定以实名公开，真人出镜的方式来讲述自己的受害经过。至于高墙对面有什么在埋伏自己，会有怎样的暗箭射向自己，我无法预测。为了守护自身安全，我开始用视频记录发生的一切。而这些记录影像，与遭受性侵一周前我在日记中留下的思考碎片，共同构成了制作自传式纪录片《日本之耻》的出发点。

我希望，不是身为性暴力受害者或幸存者，而是作为"不改初衷的我自己"，去制作这部纪录电影。

2021.7.5

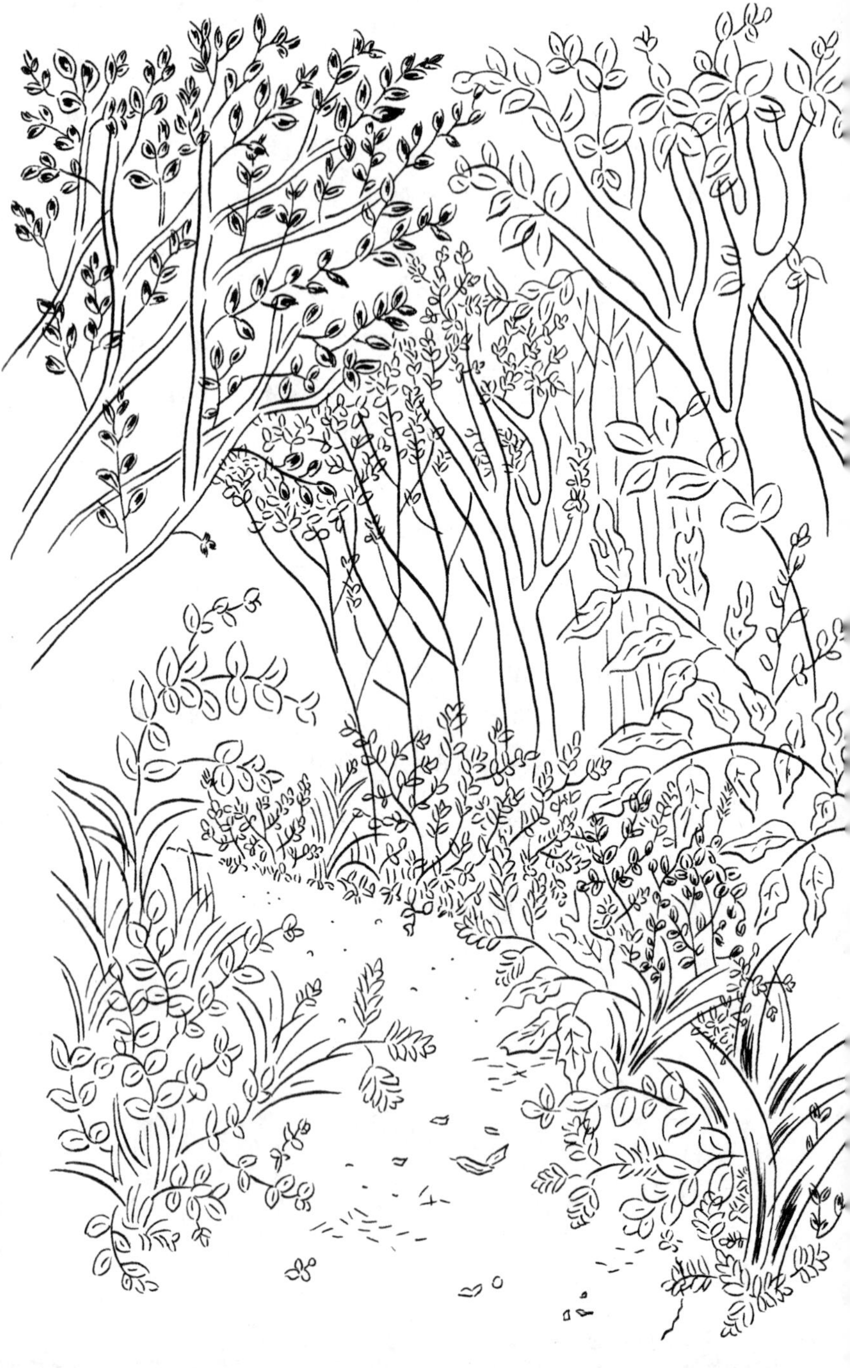

睡意的魔法

每日睡着以后总会做梦。之前，我已不知曾有多少次在日记中写下自己的梦境，渴望了解每个梦里潜藏的含义。尤其是那些噩梦。

许多个夜晚，单单是抵达梦境，已使我历尽千辛万苦，费尽辗转。还有些时候，独自一人甚至难以成眠。每当此时，我会跑上门去叨扰朋友。和意气相投的人置身同一屋檐下，存在于彼此联结的空间之内，单是这个事实，便能使我安然入睡。

睡意，着实不可思议。

近来我察觉到：每当感受到急剧来袭的压力，哪怕是大白天，自己也会被突如其来的睡魔击倒，仿佛瞬间按下了关机键。

即将庭审之前，我与团队正如火如荼忙于搜集证言，又逢《黑箱》出版，为筹备媒体见面会而全力待机。出于人身安全方面的考虑，我接受友人的建议，那段时期搬进酒店暂住。

在各种各样的情境下，我都曾猝然被睡魔击溃，不顾场合、不分地点、无法抑制地倒头便睡。在我看来，这大约是身体或大脑为了抵御什么，而自行关机的一种防卫本能。

二〇二一年七月六日正午，如同这阵子阴雨连绵的天气，睡意又一次骤然袭击了我。

好在同事们已经逐渐习惯了我这种"运行模式"，给了我一段午休时间："去睡一下呗？电话我们来接，不要紧哦。"

我曾在媒体见面会中表明：将以人气评论家荻上 Chiki 所主导的团队调查为基础，开始针对网络上的毁谤性言论提起诉讼。自那以后，时间刚好过去了一年。据当时的调查数据显示，围绕山口敬之对我的性侵案件，合计共有超过七十万条网络评论。其中，对我构成名誉伤害的发言，约三万条；处于法律灰色地带的发言，约五万条。

虽已决意提起诉讼，但我内心仍怀有一年之前的恐惧。打官司既耗时又花钱，更需投注莫大的精力，甚至引发对自己的二次伤害、三次伤害。幸运的是，我得到了调查团队的鼎力协助。在同时推进的关于性侵案的民事诉讼中，该团队也提供了不少支持。我想，是他们的存在，使我好歹扛过了受害者原本极易陷入孤立的庭审流程。如今，正因受惠于这些资源的助力，我才能在"试探司法实践可能性"的意义上采取行动，以免更多人遭遇相同的事态，在网络暴力的伤害下不得不走上诉讼这条路。在这样的心态下，我启动了三起诽谤中伤案的提告，而其中某案的初审判决，恰好也在这一日。

判决结果是由电话通知的。随后，早已定好日子的记者见面会，也就会议相关事宜进行了沟通。在这样的忙碌中，原本提出"只眯十五分钟"的我，直到临出发前才被同事叫醒。

为了学车考驾照和拍摄纪录片，我当时一直在伊豆大岛与团队过着合宿生活。于是，我们从该岛动身，登上摆渡的汽船，首先向竹芝港驶去。乘船之前，同事已经把新闻播报的判决结果告诉了我。

案子胜诉了。我既不兴奋，也不伤悲，内心没有丝毫波澜。即使明明已经定好了明日返回，然而只是暂时离开这座绿意盎然、满眼蔚蓝的海岛，也令我黯然若失。

我打算关掉自身"电源"，再休息片刻，把事先准备好的发言稿匆匆发给主办方后，就在渡船中闭上了眼睛。

我因遭受性侵而导致的心理创伤，是一份经年累月依然不依不饶且持续扰动我日常生活的痛苦体验。在这样的折磨中，我竭力以乐观的心态缓步前行，积极度过人生的每一天。而诽谤中伤的言论，阻拦了我的脚步，推翻了我前行的努力，也否定了我存在的价值本身。这种暴力的、抹杀式的言论，不仅使我，也使与我有着同样遭遇的人，再度承受伤害，被掠夺了声音。正如在最早的记者见面会上我曾宣言的那样，提起本次诉讼的目的，依旧是"希望他人不再经历与我相同的惨痛心境"。但愿这样的痛苦，不再被下一代所"继承"，愿它终结在我们这一代。

本次，在有关诽谤中伤案的初审判决中，法庭听取并采纳了我的全部意见，令我深感快慰。在此，谨向过程中对我伸出援手的所有人，表示衷心的感谢。并发自内心地祈愿，本次判决能够对消灭网络中伤，提供一点微薄的助力。

明明是司空见惯的都市景观，抵达东京后，仍免不了为玻璃外墙闪耀的、高层建筑的丛林而心头一凛。如今，走入东京地方法院下属的司法记者俱乐部，我身为时常跑采访的媒体一员，早已熟悉且适应了这个地方。

　　今天，我被安排到了会场的一处"小高地"——专为发言人准备的灰色长桌旁。

　　我打开自身"电源"。由于刚才在船上稍稍充了会儿电，此刻，我才能镇定自若地面向媒体发言。我不禁感慨，人很难随时随地保持火力全开的耗能状态。

　　这是我人生中第二次经历庭审判决。

　　判决的结果，反映了当今司法应用的现状。坦率地讲，无论多么拼命地搜集证据，真诚地付出努力，同时做到不去妨碍法官的判断，结果也未必能如人意。最终，还是要依照现行的法律，和法官的裁量来下达判决。

　　不过一路走来，我对自己提出诉讼的动机，有了自身所确信的答案，从未有片刻动摇。同时我也相信，从诉讼流程中收获的见识与见地，未来将对改良司法状况发挥作用。

　　因此，不管案子胜诉败诉，我会持续付出努力，而不把关注的重点放在判决结果上。这一日，朋友也猜到我大概独自一人很难成眠，带着红酒，赶到了我住宿的酒店。

2021.7.19

最后的信笺

书简上的字迹，被泪痕洇染成一团。

痛苦的阈值，已突破承受的极限。然而，该如何向深爱之人倾吐心中的困顿挣扎？字里行间，流露出活下去的意愿……我猜，太多难于诉诸言语的情感，已悉数渗透在笔尖，融入了这些文字吧。

望着纸上晕染的字迹，我的视线也因泪意而模糊。写下文字的人，死前该是何等痛苦和孤独。

我写给父母的最后一封信，文字同样也曾被泪水打湿。待到苏醒时，父母正守在医院里我的病床边。当年那封诀别信，终究未能使我与世诀别。

思绪纷飞的我，身旁是赤木雅子[1]女士。今日我们首度会面，却毫无初见的陌生之感。此刻，她正热情地为我张罗午餐。

---

[1] 赤木雅子（Akagi Masako，1971—）：在日本学校法人森友学园国有土地买卖的行贿项目中，因不愿篡改、伪造相关文书，而自杀身亡的近畿财务局职员赤木俊夫之妻。在赤木俊夫死后，赤木雅子发现了丈夫遗留的与该事件相关的遗书与大量手记，遂将森友学园国有土地买卖的行贿黑幕公之于众，同时向政府诉讼求偿，并出版有《寻根问底：丈夫为何以遗书揭发森友篡改黑幕》一书，誓为丈夫沉冤昭雪。

"午饭本打算给你做几道好菜，不巧今天偏偏是清理排水管的日子，用不了自来水，索性烤几个面包尝尝，怎么样？"

桌上摆放着赤木俊夫先生的遗物。那张青色的国家公务员行动规范卡[1]，早已磨损得四处泛白，褪去了本来的颜色。一沓照片，定格了俊夫生前诸多美好的瞬间：夫妇二人的结婚典礼、雅子身穿新娘礼服白无垢的模样，以及两人站在山顶，面朝镜头露出爽朗的笑容，或是俊夫在花园里，辛勤莳弄着花草……由俊夫亲手打理的庭院，花影缤纷，比起眼前的庭院，照片里的庭院呈现出一派五彩烂漫的景象。

一只只面包，点缀着可爱趣致的裱花，摆在了照片旁。芝士、肉肠……选的净是咸口的小菜，透露了女主人接下来打算小酌的意图。

"我一向受不了酒精类饮料，最近却也能小喝几杯了，要不要来点儿？"雅子说着，取出了据说是旅行时淘到的小厂牌特色微酿啤酒。

蝉声在耳边一个劲儿鼓噪，夏日的午间，没有什么比来杯冰啤更加享受。黑胡椒口味的芝士丹麦酥，顷刻间一扫而空，悉数落入胃袋。酒酣耳热，谈兴愈浓，我俩彼此调侃、打趣，时不时齐声大笑。

或许，媒体上我们给人的印象，总是面色凝重、不苟言笑。公众大概很难想象，午后时分大口灌着啤酒，高声捧腹大笑

---

[1] 国家公务员行动规范卡：又称国家公务员行为守则、职业规范自检卡。该卡片经过塑封处理，要求日本公务员出勤时必须佩戴在身上。

的我俩,是一副什么模样吧。

纵情大笑,开怀痛饮,时而愤怒,时而哭泣,复又大笑……毕竟,哪怕过去的经历如何苦痛,我们仍是活生生的人。世上明明不存在一类名为"受害者"或"遗属"的人种,我们却一再被要求"拿出点受害者的样子"。

"今后也要多搞些好吃好玩的聚会啊!"我与雅子约好了下次的饭局,才挥手拜拜。在我看来,人生中,愈是泪眼迷蒙的时刻,愈是要百倍欢笑地度过。

2021.7.26

日语研究・何谓恭谨？

二〇一八年三月，当我在联合国妇女地位提高委员会的年度会议上致辞以后，有人告诉我："诗织小姐的英文与日文演讲，我都听过，还是要属英文讲得更精彩啊。"说此话的人，前一天在纽约的某场由日本人为我策划的宣传活动中也曾听过我的发言。

之前，亦有其他人向我表达过同样的意思。据说，我用英文发表的演讲更精彩。日文才是我的母语。而英文，不仅存在大量我不认识的生词，而且我对它的运用，终究尚未达到母语水平。尽管如此，在大家看来，我还是说英文更能精准地传达自己的情绪与观点。也有人觉得："伊藤小姐说日文的时候，语气挺柔和的嘛，可一说起英文来，就显得有点吓人。"我依然是我，明明是同一个人，仅仅切换了语言，仿佛便分裂成了两个不同的我。因此，我想：对演讲来说最为关键的，并非语言层面的东西，而是演讲者能够多大程度上直抒胸臆，道出内心的所思所想。

当我遭遇性暴力，意图制止对方时，刹那间脱口而出的，居然是委婉的礼貌语。

大概，面对年长或地位较高的男性时，要求我们使用的措辞，从小到大被不停灌输，以致在头脑中植入过深，即使自身处于危机状况，我一时也想不出合适的日语用词，能够喝止对方的侵犯行为，对其造成威慑，并表达警告之意。

当我觉得用日语不行的瞬间，脑子里冒出来了以"F"开头的英文脏字。我当即以英文破口大骂。

对方停下了动作。我想，并不是骂出"F"脏字，便可制止性暴力的发生，但有一点可以确定，用日语表达后大概率不会被对方听取的诉求（或曰要求）用英语说出来却能有所收效。原因大概是，潜藏于话语中的等级立场、关系属性消失了。

为何心中想要表达的是："停止你的暴力！"日语却不得不使用"拜托！""不要啊！"之类的措辞？甚至遭遇痴汉的骚扰，也只能竭尽全力，咬牙切齿挤出一句"请别这样"。

话说回来，我平生第一次与痴汉对峙，并不是这样客气。当时，我从电车里跳到站台上，扯开嗓子大骂："变态死老头子！"此事发生在我初中三年级。我放声骂出了个人史上最高级别的脏话。可惜，面对未曾得到我的许可，便向我伸出咸猪手，视我如一个物件的变态糟老头，或者说是不要脸的臭男人，尽管我骂也骂了，想表达的愤怒也如实表达了，周遭之人听到我的骂声，却不为所动。反倒显得我像个急赤白脸、大呼小叫的疯子。又像是对大人言语冲撞的不良少女。我期待有谁伸出援手。而发生的一切，只令我惊恐。我一路哭着跑回家去，进了家门后，双腿仍不停簌簌发抖。

自那以后，我身上披挂的无形的盔甲愈来愈沉重，再也无法自由随心地驱使言语。每当使用礼貌语或敬语时，我便会向前垂下头，缩起肩膀，仿佛要尽力从视觉上收拢自己，显示出恭谨、虔敬的态度。

话虽如此，可到底什么叫作"恭谨"？

据《广辞苑》对该词条的定义，畏まる（恭谨）意为：①敬重，恭敬，敬畏；②慑于对方的威严，而采取谨言慎行的态度；③（因紧张而）正襟危坐。

假若有人对我毕恭毕敬、诚惶诚恐，我会感到格外别扭。更何况，我再也不想在谁的面前表现出一副谨小慎微的模样了。这个词，该如何译成英文呢？上网查了查，有几个网页将之译为"to obey respectfully"。再把这个短语重新译回日文，意思是"满怀敬意地服从或遵从"。太可怕了，有种不寒而栗之感。

那些身居高位之人，果真值得如此尊敬吗？大人们会对"我"构成威胁吗？会对"我"暴力相向吗？——这类问题，尤其对孩子而言，根本无从判断。因此，只需跟随自己内心的感受，去判断即可。对方会遵守你的边界吗？会尊重你的人格吗？仅仅由于对方是成人，是男性，就必须改变你的用语和措辞吗？因为是女生，因为是男生……诸如此类，以性别、年龄、身份属性，来要求你"应当这样讲话"的洗脑与规训，真希望能停一停。

我的身体，属于我自己；我的话语，也属于我自己。

Repeat after me: get the fuck off me!

请跟我读：滚开！离我远点！

2021.7.26

闭上双眼

二〇一七年，我前往伦敦的强奸受害者应急救援中心采访。

为了之后共同制作一部探讨性暴力的纪录片，瑞典记者汉娜·阿克韦林（Hanna Aqvilin）当时也与我同行。

该中心负责提供性侵发生之后从早期到中期的各种援助措施，包括：发放证物采集包；给予医疗处置；随后受害者若有通报警方的意愿，该中心亦开设了可以提前匿名咨询的窗口。无论当事人最终是否采取法律行动，或做出任何抉择，该中心都会积极予以协助。

日本若是也有这样的机构该多好！为了解更多详情，这天，我走访了救援中心。

不愧是以阴霾著称的伦敦，辽远的灰色天空，堆满了厚厚的积云。

"请闭上双眼。"抵达咨询室后，在中心任职的心理治疗师，一面讲解每日的工作事项与应对流程，一面要求道，"试着在头脑中观想一个令自己放松、平静、拥有安全感的场所，任何地方都可以。"

忽然间，我在头脑中迷失了方向，成了走失的孩子。自己的家？伦敦的住处？亲爱的朋友的家？无论想象到何处，皆不是那个"拥有安全感的场所"。

睁开眼睛的同时，泪水汹涌不歇，大颗大颗滚落。汉娜观想的是哪里呢？

治疗师解释，该方法可以帮助深陷抑郁状态的强暴幸存者暂时逃离痛苦，在头脑中抵达一处身心安宁的场所。

然而，在危及生命的创伤体验之后，究竟有哪位幸存者能描绘出这样一处场所呢，哪怕它仅仅是脑内的想象？如我这般走投无路的迷途之人，该怎么办？我渴望逃向一个身心安泰之处，但逃离的意愿愈是强烈，眼前愈是一片模糊。双眼犹如坏掉的水龙头，泪水吧嗒吧嗒，止不住滴落。

自那天起，时间已过去了数年。再试一遍，闭上双眼。但见一片绿意葱茏，可以眺望到繁茂的森林。此时此刻，对我来说，或许最令我心绪平静且拥有安全感的，便是置身于大自然吧。

2021.7.26

谁是恶魔？

I wish not to think I should have been gone.
I wish to feel oneness, unite with myself.
I know it's not me, it's the monster in me,
But it's part of me now and I can't imagine being apart from it.

我不愿相信，我已弃我而去。
我渴望感受合一，再度与自己链接。
我知道，那不是我，而是我内心的恶魔。
只是，恶魔早已化为我身体的一部分，我无从想象，如何与之切割。

2019.5.13

翻开当年遭受性侵后写下的日记，我发觉，"恶魔"一词反复出现了若干遍。

看样子，恶魔似乎潜伏于我的内心，试图从身体内侧将我撕裂。我并非恶魔，却无法摆脱胸中的那只恶魔。它已化作我自身的组成部分。我将自我同一感的丧失，统统归咎于恶魔作祟。

经历了那场"灵魂的杀戮"之后，我首次直面加害者，在法庭上接受了聆讯。判决结果公布前夕，胸中的恶魔，曾数度招摇着庞大的身躯，毫无预兆地现形。

不知不觉间，在激流洄旋的河岸边，它险些掳过我的脚踝，将我挟裹而去。睁开双眼，只望见灰色的天花板、雪白的床单、手上扎着的输液管，而我，躺在医院的病床上。

本以为是生命的最后时刻，我给父母、家人、心爱的友人，分别写下了感谢信。同时，在即将失去意识前，也给山口敬之写了封遗书。

"不断以谎言掩盖谎言，大约很辛苦吧？但愿你能坦诚面对真实的自我。"

笔在手中摇摇欲坠，写下的最后文字是：

"它在心中真真切切孵化了一只恶魔。"

不过，我猜，恶魔原本便盘踞在我的心底。又或者，每个人心中，都潜伏着属于他自己的恶魔。当恶魔一日日壮大，凭靠自身的力量难以掌控时，便会从内侧将我们撕裂。

我对恶魔束手无策，无可奈何。不过，今日的我，似乎已学会与它对峙，时刻监守，不使它化为庞然巨物，将我的一切悉数掳夺。

2021.7.26

II 噩梦的进化

扎根的感觉

与小伊相识，是我在半岛电视台为了深度报道日本女性日常生活中遭遇痴汉骚扰的现状，前去收集素材之时。

我与多哈来的记者结成了工作小组。我负责每项议题的资料调研，采访当事人，以及现场的同声传译。当时，为了撰写五篇左右的相关报道，记者不远万里来到日本，我们每天忙于取材，没日没夜地连轴转。

我热爱自己担任的角色。在现场，可以近距离接触受访对象，细致深入地提问与倾听。假如用料理来比喻，从他人手中接获第一手未加工食材的，是我；将各类新鲜食材，精心煎炒蒸炸，烹制成一道道名为"报道"的好菜的，是多哈来的记者。为了做出火候适中、咸淡得宜的料理，烹饪者与食材之间，大概必须保留某种程度的距离感。

对我来说，更乐意把刚摘下的番茄蘸着细盐直接食用。

这种工作流程，与纪录片摄影师和剪辑师之间的关系模式也十分类似。总之在我看来，团队合作格外默契。

"我有个朋友，最近也遭遇了痴汉。"某位信息提供者向我们透露。当晚，我们初次见到了小伊。一问之下，那是一段假如在英国便足以判定为强奸的受害经历。而在日本刑法中,唯有具备"男性性器直接插入"这项行为要件(强制性交),方才被定义为强奸。在工作单位附近突然被陌生男性持刀胁迫而遭受猥亵的小伊,却将之称为"痴汉"。

采访结束后,发现我与小伊住得挺近,我俩遂开始定期碰面。小伊的创伤应激症状出现在受害发生一段时日以后。我俩围绕这个话题,时常把酒边饮边聊,互相倾诉。

小伊家的院子里有棵无花果树,每到夏季便会结出美丽的果实。时隔许久,我又去她家拜访,正值八月,盛夏的阳光洋洋洒洒,倾泻而下。

每天早晨,小伊都会拿厨房水槽的滤水网袋,将微微成熟变红的果子小心包裹起来。捏住果蒂轻轻一扭,果子便会跳入手心。刚摘下的无花果,甜美得惊人。

小伊父亲生前种下的这株果树,在四十载岁月中一点点拔高、长大,如今在院中已亭亭如盖。旁边更伫立着桃树、猕猴桃树,以及枝条直伸到二楼屋檐的高大枇杷树。另有四五棵小树苗环绕着母树,不屈不挠舒展着枝条,大概是落果掉在地上新发芽出来的吧。

小伊将这座老屋重新改建后,装修成古民居的样式,在父母皆已离世的今天,依然珍惜地居住在此地,且时不时向我提起,等到自己变成老奶奶的那天,要在老屋里开间糯米团子店,这是她的人生梦想。

"搞成无人售卖亭不就行了嘛。"一天天采摘这么多果子,一个人肯定吃不完吧?设置一间农家门前常见那种小小售卖亭，明明就能解决问题。我试着跟小伊提议，她却一脸郑重，柔声道："水果这东西啊，是来自大地的馈赠，要分享给珍重的人，还有小鸟和虫子哦。"

我羡慕小伊住在果树林中，终日被枝头琳琅缀满的果实环绕，于是从她院中最漂亮的那棵树上，摘下几根初生的嫩枝，带回去，移栽在我家的阳台上。

在同一栋老屋里，居住四十余载，是种什么感觉呢？

前几日，我走访了自古以来在日外国人聚居的地区（当地有座山口县内唯一的韩国佛教寺院"光明寺"），拜会了六十年来始终定居在同一栋旧屋中的八十二岁老人。熟知他的人告诉我，尽管他事业发达、功成名就，却始终未曾离开过这片土地、这座旧居。

犹如一棵结满硕果的巨树，牢牢扎根于一方土地。换作是我，办得到吗？我将打湿的嫩枝装进蔬果保鲜袋内，带回家中。这些嫩枝，会在何处落地生根？又会与何人分享它的果实呢？我每日静候着，盼望从小伊家剪来的枝条，能够早日发出根芽。

2021.8.16

"毒谷"的孩子

秘鲁南部的阿亚库乔大区境内,散落着印加帝国的文化遗址——马丘比丘古神庙。自该大区驱车八小时,翻越安第斯山脉,穿过一片热带雨林,便抵达了素有"毒谷"之称的VRAEM行政区。二〇一六年,我为半岛电视台制作专题纪录片时,曾在此地逗留过数周。

当地盛行非法种植古柯。在高海拔群山环绕的秘鲁,人们为了预防高山病,将古柯叶泡茶饮用,或直接放入口中咀嚼,这形形色色的用途,使古柯成了该地居民日常生活中不可或缺的作物。

与此同时,本地出生、长大的孩童,则成了制作可卡因的劳力。

对此,少年们总是口风整齐划一:"我们绝不碰那玩意儿。"因为人人皆清楚毒品的危害。

我在纪录片中,追踪报道了他们每年一度挑战摩托车公路赛的风貌。少年们骑上平时本用于采摘运输古柯的三轮摩托,在山间驰逐。对他们来说,这是远离制毒工作后,唯一可以倾注热情与活力的节日。

该地区是秘鲁最大的可卡因生产基地。这对当地人来说,是一项心照不宣的事实。但万一被当局或周围的居民问起，我们总是声称，采访目的是报道摩托车公路赛。警力无法正常发挥职能的这片区域，处于黑帮的掌控之下，甚至配备有从事私刑处决的"市民自卫警团"。据当地负责照料我们饮食起居的男子比利讲，在我们到访一周之前，某男性因涉嫌偷车，被当作犯人遭"自警团"处决。在这里，一旦被谁指控，下场如何很难预料。比利交代我们，尽量不要卷入任何纷争，莫与当地人发生目光接触，切不可进入餐馆用餐，吃饭就由比利的家人负责为我们运送食物。

在当地，我不像高大的白人男性工作人员那样惹人注目，在我看来，也算是小小的确幸。在日本时，身为亚洲女性的我，即使向主办方说明自己是节目导演，会同场参与采访，也常会因身旁有个看起来比我更有"导演范儿"的留着大胡子的白人男性，而被工作人员吩咐："不必了，你去买几瓶茶来。"我甚至考虑，下次再去跑现场，要不要把胡子也蓄起来。

我们计划落脚扎营的地点，是热带丛林中一座无门无窗的废墟。尽管比利解释说，这样的地方很难想象会有人出入，因此安全性较高，但也很难说，究竟会不会被什么人发现。当初，原本只委托比利帮助我们配送每日的餐食，现在承其好意，团队住进了他的家里。我与同事三人，一起借宿在比利女儿的房间。

这间卧室，墙壁涂成了美丽的粉色，床边贴着美国偶像歌手爱莉安娜·格兰德手持麦克风的巨幅海报，显然是个充满爱意的空间。我们害得比利女儿没法使用自己的卧房，虽然深怀歉意，但也为能够在装有门锁的屋中安睡而放下心来。

这家人，辛勤能干的母亲每日负责为大伙烹煮各种美味的食物，但是一到时间，也会雷打不动地停下手中的活计，牢牢端坐在电视机前，盯着屏幕里播放的韩剧。从她身上，我仿佛看到了自己母亲的背影，不禁单方面涌起了一股亲切之感。每日三餐里，都少不了鸡肉和土豆料理。不知不觉间，给刚刚扭断脖子的死鸡拔毛，便成了我的新任务。

就这样，在深入雨林腹地的毒谷中，我们小心翼翼躲避着黑帮与自警团的视线，同时持续搜集着纪录片素材。不料，约两周后，眼看拍摄工作接近尾声，我们却接连遭遇了几次最为凶险的状况。

为了记录热情投入摩托车赛的少年胸中怀有怎样的梦想，我们连续多日进行追踪采访，于是镇上的居民对我们的取材内容逐渐起了戒心。有的少年，在运送可卡因的途中，失去了每日一同工作的兄弟；有的少年，为摆脱当地严酷的环境，不惜加入了军队。略过背街里巷的种种黑暗勾当不提，试图去反映少年们的生活，是件相当困难的事。尽管该地作为"毒谷"早已全球皆知，但以往据说有位前来报道可卡因交易的现地记者，曾遭到"自警团"的私刑处置而身负重伤。

从该镇通往邻镇以及更远地方的唯一路线，便是丛林中的一条通道。在这一带，它号称"火线"，即最危险的场所。可卡因以及毒品交易产生的黑金，必须经由此路向外输送，因此抢劫、杀人等受害事件层出不穷。

在即将结束采访的数日前，为保证我们在当地安全行动，全力提供各种支持的比利，如往日一样，和大伙一边用餐，一边闲谈。比利告诉我，某天，他和家人一同去邻镇办事，回途中在"火线"发现了一具尸体，当时尸体还冒着热腾腾的蒸汽。不愿女儿目睹如此恐怖的景象，比利急匆匆赶回了家。

当天晚餐过后，我们喝着啤酒聊天，聊得比平日更晚。比利对大伙讲述了自己过去的经历。十年间，甘冒生命风险与他一同从事毒品交易的搭档，最终却出卖了他。于是，他杀死了这位搭档。当初为了给独生女儿提供更好的生活与教育，比利拼上身家性命，涉险度过了一座座摇摇欲坠的危桥，哪知结果却发生了这样的悲剧。

是夜，我辗转难眠。隔壁房间里睡着的人，在我心目中是位温柔的父亲，同时也是名杀人凶手。我来到该地，度过了将近两周时间。比利使我意识到，在这座伴随可卡因而生的街镇、这片社会里，什么是真正的危险，谁又值得信赖，凭借我过往人生中培养起来的感觉与经验，根本不足以辨别。

团队的一举一动，已被镇里的居民盯上。围绕具体该何时离镇、如何保守秘密和不泄露行动信息等问题，团队内部讨论之后，临到动身前夕又变更了出发时间。由于需要补拍几组镜头，我们大胆推迟了动身之日。在这场延时战期间，我不仅梦见睡觉时遭遇了恐怖袭击，脑子更不由自主地去想象形形色色可能出现的恶劣事态。

离开当日，出发时间为凌晨四点。伙伴们听从比利的建议，事先做好了安排：最好赶在黎明时分，向邻镇运输及转移物资器材，由几辆车子组成阵列，人员藏在最中央的车内。这样的做法最为安全。

比利忠告我，在车内最好时刻低着头，保持隐蔽状态，以免被车外的人发觉。车队在雨林的道路上全速疾驰了一小时，方才驶出危险地带。想到这条被称作"火线"的林间通道，对镇上的居民来说是去往外部世界唯一的出路，随着车身的晃动，我感到阵阵昏眩。

当天际微微泛白之时，车队终于平安抵达了目的地。

我们乘坐的车子前后，各配有一辆护卫车。送行者在明知担负极大风险的情况下，一大早仍驱车护送，我对他们由衷表示感谢。之后不久，两辆车便迅速掉头离去了。

"大家是在极度保密的情况下动身的，你怎么设法联络到护卫车呢？他们是什么人？"我向比利打听。

"其中一人是秘鲁某党派旗下的恐怖分子，另外一人是黑帮成员。"

黑帮分子分明才是最可怕的啊！这种话我已听到耳朵生茧，对此实在表示费解。

"我们这儿有句俗话：就算是自己的老妈，也不可随便相信。"比利轻描淡写地回道。

据说雇用护送的保镖时，通常会挑选熟知枪械的用法且在当地混得开、有面子的人。

将自己的生命安全，托付给从事毒品买卖和甚至连自己的母亲都不敢轻易相信的黑帮成员，以及发起过恐怖袭击和给这片土地制造了无数死亡事件的原游击队士兵——在此种极端环境下度过的时光，将永远烙印在我记忆深处，使我禁不住回头检视，自己以往坚持的人生信条，是否偏离了真实世界的运行法则。

不过，回想采访过程，比任何素材更早涌入我脑海的，是在路边天真玩耍的小女孩的面容。

"想要逃离这座小镇，除了加入军队，没有第二条出路。"记得毒谷的少年曾这样讲。

那么，在毒谷长大的少女呢，今后又将度过怎样的人生？取材归来后，在首都利马进行纪录片剪辑的日子，女孩们的音容总会频繁浮现在我梦中。

但愿她们的人生，能够稍稍多些自由的选择与出路。为了实现这个愿望，我在心中暗暗发誓，要将这份工作进行到底。我能做的事极其有限，今后与毒谷的少女会有怎样的交集，也暂未可知，但时至今日，比起怀抱死亡的觉悟，冲出丛林险境的那个早晨，我更会时不时地忆起她们的面容。

2021.8.23

女性主义与头皮护理

在日本，针对性暴力实态与刑法应用的现状，抑或性别差距问题进行讨论时，总会将欧美诸国的近况作为参照的"范本"。

例如，"在瑞典，#MeToo运动暴发之后，刑法已随之完成了改版升级"，或是"英国的刑法将性同意的年龄规定为十六岁，而日本却如何如何"，等等。

二〇一八年秋天，我受邀在中国台湾举办的"基于性别的暴力问题（Gender-based Violence）研讨会"上发表演讲。难得有机会走访台湾地区，可以实地了解近邻在与性暴力相关的法律制度及受害者援助体制方面有怎样的进展，我立即着手开启了一项取材计划。在韩国和中国台湾地区汇集到的素材，后来被整理撰写成专题报道，发表在我曾担任过责编的电子期刊《日本速报》（*Courrier Japon*）的特辑当中，题名为"韩国和中国台湾地区的性暴力对策为何更为充实"。

研讨会开幕前，我略微提早抵达了台北。入境当日，我与一位名叫格蕾丝·刘的女士约好了清早碰面，由她向我介绍台湾地区目前女性主义的发展生态。

我手拿一支笔和深蓝色LEUCHTTURM 1917笔记本，等候在酒店门口，只见格蕾丝戴着墨镜、热情地挥着手登场了。

彼此问候完毕，她立刻挽起我的手臂，迫不及待地讲："我一定要带你去个地方。"

最终，我们抵达的是一间美容院。在格蕾丝的怂恿下，我也体验了一把台式头皮深层护理。我俩并肩而坐，头上各顶着一坨泡沫的尖塔，其高耸的程度堪比铁臂阿童木。

瞬间，在格蕾丝的引领下，我脚步轻盈地，迈入了另一个崭新的女性主义世界。

女性主义学堂·要点①：放轻松，爱自己，犒赏自己

在精品护发香波的养护打理下，整个头部仿佛松了绑，顿时舒服了不少。之前，我内心还对台湾的女权人士存有几分怯意，此刻，已和格蕾丝成了亲亲热热的朋友，一起朝下一站"阿嬷家——和平与女性人权纪念馆"（AMA MUSEUM）进发。据说，场馆内展示着以原日军"慰安妇"为代表的、众多为追求人权而不懈斗争的女性先辈的历史。

实际去往现场一看，不禁为这座历史博物馆时髦前卫的外观惊讶不已。若有 INS 网红到此打卡拍照，估计能发掘出不少"出片"的好角度吧。这座放在阿姆斯特丹也毫不违和、宛如艺术中心的现代建筑里，过去年代的阿嬷们正经由照片、文字，向我们诉说着往日的事迹。

女性主义学堂·要点②：创造性地表达

"阿嬷家"所在的街道——迪化街上，开设有一间又一间中药铺。在格蕾丝推荐的店铺里，我买了一堆吃心爱的火锅时必备的调味料，塞了满满一袋子。

女性主义学堂·要点③：用辛辣开胃的美食，驱散心头的阴霾

接着，我俩在街头的小吃摊，手举台湾啤酒，聊起了台湾女性主义的现状。话虽如此，基本是格蕾丝负责讲，而我则是洗耳恭听。

女性主义学堂·要点④：不管怎样，先建立对话

酒足饭饱后，我与格蕾丝顺路拐到当时正在举办的、号称亚洲规模最大的国际女性影展"女性浪潮国际电影节"，还去看了场电影。接着，我们与主办方的女士又喝了一轮，聊了聊当今电影圈内女性所处的地位、女导演及女性从业者，以及该如何身心健康愉悦地展开工作等。随后，话题又跳跃到"日本也存在由女性组织者一手筹办的电影节"，而我居然是头一次听说。

女性主义学堂・要点⑤：多多走动，结识不同的人

接下来的课堂是在酒吧里。一位刚下班的新老师，现身在我面前。她便是线上媒体"女人迷"的创始人，与我同为八十年代出生的柯采岑。为了向年轻一代宣传普及女性主义思想及生活方式，她亲手创办了一家网络刊物，并以"第三波女性主义者"自称。在新媒体创刊之际，柯采岑与掀起过"上一波"女性主义浪潮的前辈们，发生了立场与观点的碰撞。她们争论不断的同时，也携手建立了合作。手持啤酒樽，畅饮着微酿扎啤的柯采岑，向我讲述了双方从对立到融合的经过。

前辈的牢骚在于，"起初，你们这帮新人只会坐在电脑前敲敲键盘，而我们烧胸罩，抗议发声，通过媒体向世人表达女权诉求时，可以说是未曾得到过丝毫的理解与支持"。于是，柯采岑将前辈们请至编辑室，一遍遍与之对话、沟通，向对方解释自己与伙伴目前从事的工作，就如何将声音传达到社会各个层面的问题，开诚布公地陈述了自己的看法。如今，她与前辈之间已建立起有商有量、无话不谈的协作关系。

女性主义学堂・要点⑥：女性主义不设藩篱

在女权群体内部，最重要的是：建立不设限的横向联结，同时，在瞬息间千变万化的时代里，多了解前辈们一手创造

和开拓的历史，切切实实与对方保持资讯的交换与共享，对全球范围内有怎样的实时动态，做到了然于胸。

与柯采岑道别后，回途中，我与格蕾丝聊起了日本女性主义的生态。

方才，听说柯采岑曾在创刊之际与女权前辈当面锣对面鼓地交换意见，进行观点碰撞，我告诉格蕾丝，这在日本是压根无法想象的事。在日本，著名的资深女权人士被尊奉为"老师"。在我个人印象里，日本社会特有的纵向权力结构，在女权活动圈内部同样存在，并无例外。

"如果探讨女权议题时，双方能摆脱敬语的约束，平等对话，该多好啊。"

我与格蕾丝边走边谈，累到脚酸仍未尽兴，为了放松疲惫的双腿，我俩拐进了最后一间教室——足底按摩店。在按摩的剧痛之下，我一面忍住大叫出声的冲动，一面与格蕾丝继续端起台湾啤酒频频碰杯。

我从格蕾丝身上学到的是，女性主义并不要求我们牺牲自己的感受，去默默承受和忍耐什么，而是该愉悦地犒赏自己，关爱自己。唯有如此，方能亲历生活的现场，获得第一手的真实体验。为此，我要好好吃饭，好好睡觉，心中怀揣大爱，保持与伙伴、队友间的资讯共享。凡有困惑、疑问，就通过真诚的对话来寻求解决。这无关代际差异。大家应当彼此交换观点与想法，为了更加健康、自由地生活下去，而携手同行。

这是吃吃喝喝，领悟颇多，并被深度治愈的一天。我误以为自己受邀参加的会议是在两天以后，恣意与格蕾丝畅谈通宵，直至天亮。次日清早，我被一通电话叫醒，"诗织！你到会场了吗？"从床上一跃而起，连沐浴的工夫也没有，便急急忙忙冲向了会场，但我宛如获得了重生，神清气爽地发表了演讲。

"Hi, my name is Shiori Ito, I am a journalist from Japan and a survivor of rape......No, actually, I am surviving everyday, I am happy to be here today."

"大家好，我是伊藤诗织，一名来自日本的新闻记者，同时也是性暴力受害的幸存者……不，实际上，我幸存于当下的每一天。很高兴今日来到这里。"

这天早晨，我第一次感到并宣称，自己并非什么"幸存者"，而是"活在当下的人"——以现在进行时态去亲历烦恼，发现新事物、新感受的，活生生的人。

在中国台湾近距离接触、了解女性主义之后，我似乎被赋予了勇气，更加坦诚无惧地直面自我。

2021.8.26

大学里未曾学到的事

"诗织酱，考试的时候，我一抬眼，发觉你居然趴在课桌上呼呼睡着了！"

高中时代，在班级花名册上排在我后边的老友一树，常常聊起这个话题。

"不赶紧叫醒你，肯定会挨老师骂呀，所以我拼命踢你的凳子，总算把你弄醒了，你还记得不？当年你能从高中毕业，应该感谢我才对。"

尤其在语文课上，我的表现最为糟糕。

"你的课桌上，放的不是语文课本，而是《日本速报》的地图册。老师最瞧不惯的就是这个。"

确实，来自语文老师的批评，总是最为严厉。

时至今日，我还经常全凭想象，把许多汉字瞎念一气。实在不好意思时，就给自己找借口："都怪我在国外生活太久。"实际上，当年在语文课上，我从来就没好好听讲过。

结束美国的短期留学项目之后，进入纽约的大学攻读新闻专业，成了我高中时代下一个奋斗目标。一树拼命踢我凳子那会儿，十七岁的我，为了攒够海外升学的资金，在校方的明令禁止下，总是偷偷摸摸兼职打工，因此成天处于睡眠不足的状态。

打工的地方，其中一处是一间主打巴西风情的酒吧。理由是，在美国民风最保守的堪萨斯州读高中时，我曾恋慕班上一位来自巴西的留学生。唯有和该男生待在一起时，我才似乎能畅快地呼吸。留学结束，彼此告别时，我伤心到连他的样子都没有好好再看一眼，轻描淡写道了声"再见"，便从此阔别，再未相见。为了了解一些他生长的文化背景，我怀着如此单纯的动机，寻寻觅觅，找到了这间巴西酒吧。酒吧里，唯一能跟"巴西风情"沾点边的，只有日常播放的巴萨诺瓦爵士乐，以及一种名叫卡琵利亚（Caipirinha）的鸡尾酒。

这间酒吧位于酒吧街狭窄的巷弄里，没有客人的时候，我就列列愿望清单，或是算算学费，终日在吧台后面做着白日梦。

从小到大，多数时候，我与父母总话不投机、意见相左。但凡事一旦下定决心，我便会顽固地坚持到底。心知告诉父母必定会遭到反对，我几乎总是先斩后奏。尽管如此，当母亲得知我在巴西酒吧里打工，反应之激烈，仍远远超出了我的预料。

"酒吧？你一个未成年少女，去干端酒倒酒的工作?！我决不许你碰那些跟酒水打交道的事！"

之后，我不知费了多少口舌试图说服母亲，但她似乎依旧难捺怒火，甚至扬言"断绝母女关系"，好长一段时日都不跟我讲话。到头来，她还是亲自跑到店里瞧了瞧方才作罢。

酒吧老板常常去邻近的店家串门，当我能独立调配完美的卡琵利亚以后，店里三天两头就只剩我一个人操持和做主。老板把店交给我看管，这固然是件开心的事，但另一方面，跟那些喝醉酒的成年人打交道，有时也令我头大。下班后心神俱疲的成人们，仗着酒劲儿，总爱把一些平日里无法启齿的事情，掏心掏肺地向我倾诉。

一树拼命把上课睡觉的我弄醒这事，到底不算徒劳，我一面打工的同时也顺利从高中毕业，离去纽约读新闻的梦想又近了一步。

之后，为了在日本尽量多取得一些学分，为将来美国留学节省出更多学费，我选择进入学费较为良心的县立短期大学读书。其间，依旧使出浑身解数，同时玩转好几份兼职，早晨在巴西酒吧打完工，接着再去家庭餐馆为客人做早餐，随后直接去短期大学上课，因此教室的课桌，就是我补觉的枕头。此时一树已不再与我同学。这回，是由短期大学结识的朋友娜塔丽，帮我复印整理得清清楚楚的课堂笔记，替换我自己那本被口水打湿后留下一堆皱巴巴的痕迹而压根没法再用的笔记。

而我，依旧在吧台后面，一成不变做着白日梦。当时，我计划就读的那所美国的私立大学，每年学费约四百万日元，此外还需一大笔生活费。如果努努力，能把在日本修完的学分转移过去，在美国只读三年本科的话……这笔账算着算着，我就焦虑得脑瓜充血，恨不能背过气去，甚至考虑过，攒钱到三十岁以后再去读书，说不定也可以。当时，我将内心全部的热情，悉数倾注在早日去海外读书这件事上了。

打工时，我曾窥见在日本的新闻报道现场，对于身为女性是如何艰难求存的问题，不免心生出诸多模糊的疑问。所以，还是希望能去国外试试身手。

于是，我增加了在银座夜店的兼职。地点离父亲上班的公司挺近，有时，他也会带我到他相熟的夜店去瞧瞧。银座是个可以让父母稍稍放心的场所。大概因为可以和父亲结伴回家吧，曾激烈反对我在巴西酒吧打工的母亲，也没再表示什么不满。

银座的夜店、电视新闻局、巴西风情酒吧、外资银行……我极尽所能，同时兼着好几份工。因身体单薄瘦弱，累到头晕眼花，好在青春与热情给了我无尽的能量。直到我为了拜访朋友，决定仅凭一只背囊，游遍全亚洲的那天。

深夜我打工归来，之后的全部记忆，就只存档到打包行李那段时间。

猛然睁眼醒来，发觉已是必须抵达成田机场的时刻。青春、热情、能量，终究没能抵过睡眠不足的祸害。等意识到这点时，我已积累了太多疲惫，不仅耽误了短期大学的学习，就连之前不惜一切投注在留学计划当中查询资料以及白日梦的时间，也大大缩减了。

手中的存款，距离目标中学费的金额还差得很远，我却已失去在大学里健健康康读书求学的心力与身体资本。误掉了班机的我，用打工攒下的钱改签了机票。当双足踏上胡志明市的街道，在暑热、黏湿的空气中，见到等候已久的朋友时，我终于下定决心："是时候改变作战策略了。"

学费全免的德国院校，成了我"海外留学之旅"的第一处据点。在德国，接受高等教育原则上是免费的，政府会给予求学者全方位的资助。这样的学习环境，属实令人羡慕。

日本若能与之看齐，该有多好。当时在我看来，作为新闻从业者，懂俄语或阿拉伯语会大有助益。于是，我又申请到了西班牙的某所大学，从德国迁居到了西班牙，理由是对方愿意向我提供赴叙利亚留学的机会。但遗憾的是，由于中东局势恶化，前往叙利亚的计划中途夭折了。

最终，二〇一二年，我成功争取到了赴纽约攻读学位的奖学金，再加上当时有愿意与我结伴赴美的伴侣，我总算把去纽约学新闻和摄影的机会握在了手里。之后，距离毕业还差大约一年时，为了节省学费支出（美国大学的学费与选课的学分数直接挂钩），我又远赴意大利留学了半年。整个学生时代，我始终这样耗尽心思，陆续辗转于各个国家与大学之间，在世界各地积累了丰富的求学体验。

尽管由于经济方面的原因，兜兜转转，绕了不少远路，但这数年间，为了能够进入高等学府就读，我在教室之外摸爬滚打，获得的一切体验，至今依然在工作中发挥着作用。

"诗织用不着上大学也可以"——说这话的父母，对我有着谜之信赖感。当年我对此并不理解。但如今，有时我倒也能够理解。

学习，是一段漫长的旅程。当中也包含迂回的远路，以及失败的体验。

2021.8.28

日语研究・"粗口"

日语当中，为何找不到自然而然表达愤怒的词汇呢？

正如我在《日语研究・何谓恭谨?》当中提到的，二十五岁时，遭遇性侵的那个早上，我只能拼命用英语骂施暴者。不过，当时使用的最高级别的脏话，充其量不过是"Whatta fuck are you doing, getta fuck off me."（你他妈在干什么?! 给我滚开！）而已。

在那之前，我根本从未骂过人，尤其用日语，最多不过骂两句"白痴！""去死！"就再也想不出什么词儿来了。潜意识当中，我似乎也认为：身为女性，表达愤怒是一件不够得体的事。但身为一个正常人，愤怒明明是多么自然且合理的一种情绪。

如今，事件过去已近六年，我才首次开始在日本接受心理治疗。在英国时，尽管接受过几次辅导，但在日本还是头一回。

某天，作为心理治疗的一项环节，咨询师要求："假想施暴者此刻就在这个房间里，请随意说句你想说的话。"我顿时僵住了，不仅无法自如地想象那种情景，更是连一句话也吐不出来。

咨询师见状，试图帮我启发思路，举例道："比如说，你为何这么做?！""我绝不原谅你！"

一句自己的话也冒不出来的我，只能有样学样，拼命模仿她的说法，但也只是机械性地复述而已。

慌乱之中，我绞尽脑汁思考着，自己到底想说什么。忽然，脑子里冒出两个词来："FUCK YOU！"

然后，便彻底词穷了。

光是骂出这两个英文单词，我已使出了十分的力气，不愿再费劲地搜罗更多表达了。我一遍遍重复着这句话，试图用言语掸落心头的怒火。

从何时起，我对英文的脏字，开始能够自然而然地脱口而出的呢？

"FUCK""SHIT"，在美国时，它们明明是我绝对不会使用的词。而到了英国，朋友们在形容事物时，总会极为随意地口吐一些脏字。对此，我早已司空见惯。我猜，这或许是最大的原因所在。最初，我作为英文的非母语使用者，对"F""S"打头的脏字曾有些抵触。不过，一旦自己也学会使用之后，竟莫名感到特别痛快。

"SHIT"在日语中对应的文字是"粪/屎"。单从文字上来说，乍看之下，似乎倒也说得出口。然而，从小到大，老师家长一直灌输"这可不是女孩子该说的话"，大约是这个缘故吧，试着骂出这个词时，我会有种刻意学舌的感觉，似乎尚未将它作为自己的语言，而习惯它的存在。

让人开心的是，如今，我终于能毫不别扭地用自己的声音骂出"FUCK"或"SHIT"了。它们承载着我的情绪，忠实于我内心的感受。

和二十五岁时相比，我爆粗口的段位确确实实升级了不少。不过，事实上，与其说是语言"变脏了"，不如说是"变柔软了"。作为"脏话"而封禁的情感，一直躁动不安地积郁在体内。与其如此，还不如将情绪付诸言语，来一场身心的排毒，反而健康得多。

2021.8.31

所谓家人

所谓"家人",实在是个难解之谜。孩子明明继承了父母身上的基因,从相似度来讲可以说确凿无疑,但彼此间从性情到想法又往往天差地别,差距之远,犹如翻山越海。甚至让人禁不住发出疑问:基因到底是什么鬼东西?

我一面在脑子里胡思乱想,一面拼命踩着单车,从父母家所在的市郊住宅区,向自己刚刚搬去(没错,本人终于搬家了!)的下北泽公寓骑去。

几日前,我在涩谷的烤肥肠店,正打算吃收尾的冷面前,忽然接到了妹妹打来的电话。她哭着告诉我,家里养了多年的爱犬——一条名叫玛丽的法国斗牛犬——估计马上要不行了。

我把冷面交给同伴,心急火燎赶回了老家,整整守候了五天,连夜里也不忘跑到玛丽身边,探探它的鼻息,向它说几句感谢的话。

母亲讨厌动物的毛发,从我小时候起,她对所有类型的宠物饲养都十分警惕,从不允许我们养小动物。再三央求、交涉之后,我才一步步养起了不会有毛发困扰的金鱼、乌龟,以及美洲绿鬣蜥。十岁那年,趁母亲逐渐习惯了家里有小动物的存在，我总算实现了养毛茸茸的动物的愿望，成功拥有了一只小兔子。

"你如果能把兔子养好，回头家里来条小狗估计也没问题。"母亲松了口。

小兔子 Happy 在我家生活了十一年。随后进门的，便是收容犬玛丽。

动物保护组织的女士告诉我们，玛丽之前在犬舍大概被饲育员当成了繁育幼犬的工具，长这么大从未外出活动过。

玛丽每隔一天都会被集中投食一次，养得胖墩墩的，膘肥体壮得好似大力士。玛丽害怕户外活动，光是适应出门散步就花了好几个月。不过，那张凶巴巴的小脸，却一点点放松、柔和下来，它还常常气宇轩昂地端坐在父亲心爱的扶手椅上。曾经那么"讨厌畜生"的母亲，不知不觉间开始对玛丽宠溺有加，夸它是"咱们伊藤家最可爱的小姑娘"。

如此被百般宠爱的玛丽，与我们共同度过了十一年岁月，如今就要动身去天国了。回头一算，发觉它在伊藤家待的时间比我还更久一些。

仔细回想，很长时间以来，我都没在老家待过五天这么久了。时隔多年，当着病得奄奄一息的玛丽，我再次与家人爆发了激烈的争吵，随后大力把门摔上，冲出了家门。

到了离家最近的车站一瞧，电车居然因为人身事故停运了。此刻已经深夜十点，等到线路恢复运营时，估计连末班车也没有了。这是个只有普通车[1]才会停靠的小站。我匆匆冲下台阶，忽然听见一个女孩开着免提在跟谁通电话。

"真有人会挑这种时候跳轨自杀啊！开什么玩笑！"

我一阵悲从中来，想对女孩说点什么，却什么也说不出口，更对眼前的情况束手无策。

不抱任何希望地打开最近才下载的共享单车APP，发现步行勉强可以抵达的范围内倒是有个租车点。于是，此刻我迎头顶着冷飕飕的夜风，死劲儿蹬着单车。直到上周还热腾腾的酷暑天气，简直像个谎言。

共同生活多年的家人，对我来说，是个"离我最近的小型社会"。

连最亲近的小型社会都不肯理解我，那么，就别指望更广阔的社会能对我有什么共情了吧？所以各种毁谤、中伤才会源源不绝，汇成一场网暴的狂欢吧？想到这些，我把单车蹬得愈发用力。

我厌恶争吵。不过神奇的是，发了场脾气，胸中的郁闷居然一扫而空。或许，今后和家人不会再开口讲话了吧。就此断绝关系也未可知。果真如此，倒也没什么不好——这样的念头在我脑子里一闪而过。

大概因为三十二年来憋在心里的话，借由争吵统统宣泄了出来吧。

---

[1] 日本的轨道交通分为急行车与普通车，并在此基础上进行细分。其中，急行车只会在主要车站停车，而普通车基本在每个站都会停车。——编者注

这场争吵的由头，是被伊藤家奉若神坛、每日从不间断发出种种噪声的电视机播放了一则骨髓银行的广告。

看完广告后，我随口提起了最近一次献血被拒的经历。

多年前，刚搬家到这个住处时，父亲独自组装置物架，不慎从脚凳上摔落，手臂撞到一支搁在地上的L型钢管，被刺出一道大大的口子。尽管心脏幸免于难，但当时因身体失血过多而曾被医生叮嘱："做好出现生命危险的心理准备。"为此，我和母亲在急救医院守候了整整一夜。幸好救护车抵达得还算及时，在家中妹妹比较冷静地进行了止血处理，这也起到了一定作用，父亲最终挽回了一命。

自那以后，我决定每当献血车打家门前经过，就一定要奉献微薄之力，算作我小小的"报恩"之举。然而，也许该怪新冠病毒惹的祸吧，近两年，献血车几乎销声匿迹。好容易在前几天遇上了一辆，结果未能如愿，只因我一年前去非洲拍片取材时曾感染过疟疾，又在回答问卷时卡在了"是否与异性有过性接触"这一项上。

听说，感染过疟疾的人一生不再具有献血的资格。虽然我对此一时有些难以接受，但既然是红十字会的硬性规定，听了工作人员的告知后，我便转身准备离去。谁知那人却喊住了我，说："还有个项目会对献血资格产生影响，不妨把问卷全部答完。"当被问到"近期是否与不特定或新结识的异性有过性接触"时，我想也没想，就老老实实打了个钩。

据说受此影响，我今后将再也无法献血。当我在晚饭的餐桌上向大家讲起此事时，父亲登时勃然大怒，抄起两只盘子，便砸向了厨房的洗碗槽。为了避免瓷器碎片四散飞溅，他在投掷前竟不忘瞄准，可见大约还残留有最后一丝理智。

不过，父亲砸的毕竟不是我，而只是盘子。

我劝道："您先别恼，好好说，到底是发的哪门子火？"

而他的态度依旧是："我不想跟你废话！""受够了！"

母亲则在一旁反复念叨："实在搞不懂你，你这人不可理喻。"

"怎么就不可理喻了？"我追问道，却得不到任何解释。

哪怕在这种硝烟弥漫的时刻，家里的电视机也从不闲着，自己在那儿絮絮地演着。

仿佛每时每刻不整点噪声，让家里有点"人声儿"，他们心里就不踏实。以前，我也曾在晚饭时尝试关掉电视，却次次遭到阻止。我想认认真真直视父母的双眼，望着他们的脸，好好沟通，渴望他们正眼看看我，了解我的所思所想。

"按照常理来想，你这人就不对劲。"

这是母亲给出的最大限度的解释。"常理""世人"。这种看不见摸不着的东西，居然是拿来否定我——活生生站在她面前的女儿——的理由。我希望，既然要否定我，至少该把心里的想法，用语言好好说明清楚。可惜，结果就是家里的碗盘遭殃，而我输给了"世人"。

骑过了多摩川附近，天空下起雨来。无法说出口的心绪，在雨丝温柔的抚触下渐次平复，感觉格外舒畅。

我从砧公园附近的日本国立青少年成长发育医疗研究中心门前横穿而过。今夜，大概率也有一群孩子睡在病房里吧。

初中时，我曾在这里住过院。自那后，时间过去了二十年，如今三十二岁的我，正奋力踩着人生的单车，坚韧不拔地活着，早已学会对所谓"常理""世人"不买账地回敬一句："什么鬼？"对这所当年帮我打碎"常理"的医院，我再度表示了感谢，同时继续向世田谷大道骑去。

回到公寓，浑身上下已被汗水和雨水打得湿透。不过，此刻我在淋浴的热水包裹下，想到自己毕竟凭自己的双腿，离开了那个窒息的家，站立在此处，又感到一阵开心。

电动助力自行车真是救命利器！

过了一夜，天亮后，我又在午饭时间回了老家。恰巧谁都不在。我为昨日的吵吵闹闹向玛丽致歉，把在下北泽 YUZAWAYA 迁店大酬宾里买下的透明波点宽幅软丝带绑在了它的颈项间，又对它说了一大堆感谢的话。两天后，玛丽便启程去了汪星。

我在 LINE 的家族群里，如常安排了葬礼事宜。仅仅几日前，伊藤家还是怒火与瓢盆齐飞，此刻，却仿佛一切不曾发生过，全家人若无其事地完成了玛丽的捡骨仪式。从火葬场归来的途中，我稍微绕了点远道，去从前的老房子附近，捧着一盒骨灰，沿着玛丽当年心爱的散步路线，重新和它一起溜了遛弯。

2021.9.10

我叫伊藤珍妮

在因为性暴力受害而报案之前，我跟警察打过两次交道。

两次，皆发生在我童年时期自以为的"冒险行动"当中。第一次接受警察保护是在我四岁的时候，我和同岁大的表兄弟小浩去森林里探险，由于闹了点别扭，两人不欢而散。其实所谓的"森林"，不过是新兴住宅区里一块尚未彻底开发的小树林，但在当时的我们眼中，完全如同一片茂密的丛林。和小浩闹掰以后，我独自走在路上，恰好有一家人驾车从旁边驶过，顾虑到我的安全，热心地把我捎到了警局。虽然，那时的我正沉浸在"孤身冒险"的乐趣之中。

当警官问起我的姓名，也不知那一刻脑子里怎么想的，我毫不含糊地答道："我叫伊藤珍妮！"那会儿，我连自家的住址和电话号码还答不上来，只记得幼儿园的名字，记得自己是"兔兔班"的小朋友，却清晰地报出了"伊藤珍妮"这个假名字。警官联络了兔兔班的老师，称"伊藤珍妮小朋友此刻在我们这里"。幸好，班上只有一名姓伊藤的，于是便给伊藤诗织的父母打去了电话。

自那以后，伊藤家隔三岔五就会把这出"伊藤珍妮乌龙事件"翻出来，当作笑话取乐一番。

"珍妮"，是当时电视台时常播放的一部动画片女主角的名字。不过，别说动画片具体叫什么了，就连故事的大致情节，以及当年自己为何对这个名字情有独钟，甚至在警局里以此自称……我已统统没有了印象。

前几天，在拍摄纪录片的午餐小休时间里，我和朋友聊到"将来决不肯让自己的孩子收看迪士尼公主片"这个话题。老家恰好只有《美女与野兽》《狮子王》两盒录影带，我自认为总算逃过了"公主诅咒"的毒害。美院毕业、主攻动画专业的同事KK，据说也只看过《阿拉丁》和《狮子王》两部迪士尼影片。《美女与野兽》里的贝儿，《阿拉丁》里的茉莉，尽管也属于"迪士尼公主"这一系列，但似乎有过裤装形象，能感到角色拥有清晰的主体意志，好歹还算可以接受。我和KK聊着聊着，忽然想起了小时候那出"珍妮乌龙事件"。

晚间回到家，KK发来一条链接，并说："我猜，我发现珍妮是谁了！"动画片名叫《岁月飘零：金发的珍妮》。小女主珍妮生着满头金发。从片名起，便植入了女孩的容貌描写，透露出某种世界观导向，也能使观者即刻察知当年的时代背景。我犹豫着，迟迟难以按下播放键。

给KK发手机消息："想看是想看，可一想到四岁的自己不知受到过这部动画的哪些影响，未免有点胆怯。"KK回复："毕竟是和童年时期价值观的一次对峙嘛。再说，这部动画年头蛮久了，如今重温，说不定会纳闷：'咦？难道就这……'为了更深入地认识今天的自己，说不定值得一看呢……（笑）"

上网浏览了一下片子的剧情梗概，脑子里几乎已不存任何印象。这部老动画总共五十二集,是东京电视网自一九九二年开始播出的,持续播放到次年,为期约一年。

一八三八年的美国,宾夕法尼亚州的罗伦斯维尔小镇里,少女珍妮·麦克道尔在母亲的指导下,以钢琴弹奏为最大爱好。她与擅长吹口琴的朋友斯蒂芬、爱弹班卓琴的黑人少年比尔成了热爱演奏的好伙伴。某天,珍妮的母亲安洁拉不幸病倒,很快便去世了。自此后,珍妮以母亲的死为契机,改变了人生目标,立志献身医学,去救治那些贫病交加的穷苦人。在纽约严苛的教育环境下,她从未气馁,走上了学医的道路。而少女时代邂逅的小伙伴,正是后来被誉为"美国民谣之父"的作曲家斯蒂芬·福斯特。后来,珍妮成为斯蒂芬的妻子。影片刻画了二人之间青梅竹马的情愫。(摘自"日本动画"网作品简介)

剧情梗概里,唯有在介绍比尔时,特意加上了前缀"黑人少年",使我心情略有些复杂。把心一横,点击了第一集的播放键。开场三分钟,看得我更是心烦气躁。

其中有一幕,珍妮在原野上奔跑,斯蒂芬和比尔在她身后拼命追赶。

"斯蒂芬!太慢啦!你还算是男孩吗?"

"说什么呢!难道我看起来像女孩?"

搁在今天根本难以想象的、充满性别偏见的台词鱼贯登场,来了个集体大亮相。当年第一集在电视上播出时,我才三岁左右。但愿我没看过。不过老实说,这部片子的内容,在涉及性别、人种等问题时，确实让人感觉欠缺斟酌。

我想找找看，有没有哪一集的情节自己尚能记得。视线依次滑过花絮的标题，到了三十集左右，有一集讲珍妮在孤儿院里工作。依稀的记忆缓缓复苏。本集里的珍妮，比起第一集长大了不少，用如今的词来说，已经成为一名"志愿者"，在孤儿院里担任义工。但她和院里的孩子有些合不来，时不时还会发生正面冲突，摔倒在地，与对方扭打成一团。看到这一幕，儿时自己所崇拜的那个珍妮，形象在我脑海里一点点鲜明完整起来。本集里的珍妮展现出强烈的正义感，乐于助人（说难听点是爱管闲事），脾气冲动冒进，择善固执，坚信自己所认定的事，决不肯轻易服输。

我这才察觉，多年来，伊藤珍妮其实一直蛰伏在自己体内。我不记得自己童年时所崇拜的，是不是珍妮那副为了信念坚定不屈的模样。也许内里曾经埋下过什么种子，它一点点萌芽，最终成长为与珍妮共鸣的某种品质也未可知。不过，对当年的"珍妮事件"，我多少有了些理解。

假如我是"伊藤白雪公主"，则无法凭靠自己的力量解开身上的魔咒，会被剥夺身体的行动自由；随后，一个号称"王子"的男性忽然从天而降，未经许可便亲吻了我；最终，魔咒又不由我意志左右地，在亲吻下解除；为此，我不得不与这位"恩人"结为夫妇——对这样的人生情节，我坚决说不。我很高兴当年的自己，没有选择"伊藤辛德瑞拉""伊藤白雪公主"之类的名字。

多年来，"伊藤珍妮事件"在我家一直被当作笑谈。但是，也许我该对四岁的自己夸赞一句："你好会选！"万一当时家里的录影带是《白雪公主》呢？要么，是《灰姑娘》呢？如今，流媒体文化已经取代了当年的录影带文化，或许，孩子们轻而易举便可接触到形形色色的影视作品。但我想，也正因如此，对待作品中某些令人不适的情节或人物刻画，更需要陪同孩子，一边沟通，一边收看。

2021.9.13

在塞拉利昂偶遇前男友

最近老有人问我："诗织小姐是关西人吗？"

二〇二〇年夏日期间，我要么在京都的寺院拍摄纪录片，要么为了追随摄影记者安田菜津纪[1]的足迹，探寻她旅途的源头，在关西地区出外景的时候，相对来说比较多，估计是因此染上了当地的口音吧。不过，更主要的原因，恐怕还在于有个关西出身的男朋友。平日和他说话，连我的口音也随之染上了六七成关西腔。最近，据说我还像搞笑艺人似的，学会了吐槽和逗哏，说话噼里啪啦地往外爆梗。

我大学时代的同居男友是个德国人。当时，我说的英语都带着德国味儿。后来交上了英国男朋友，原本满口美式英语的我，又开始略带矜持地操起了英伦女王腔。所以，据称朋友们总能通过我的说话方式和口音，提前察知我的工作地点和身边男友的变更。总之，我太容易受到交谈对象及所处环境的影响，常会不自觉地改变用词与说话的语调。

如此易受外界影响的我，在西非海岸线一角的塞拉利昂出差取材时，克里奥尔语也越说越地道。下面将要讲述的事，

---

[1] 安田菜津纪（Yasuda Natsuki, 1987— ）：日本摄影记者，NPO 组织 "Dialogue for People" 副代表，曾多次前往东南亚地区、中东地区、非洲等地，围绕贫困与难民问题进行采访。

便发生在我学会用"How di body!"（类似英文的 How are you doing，意为"你好吗？"）和别人打招呼的时候。

当时，我刚结束对一位女医生的采访工作（该女医生持续为那些因埃博拉出血热而丧失双亲，无法获得必要的保护而惨遭性侵的孩子们提供诊疗服务），走进食堂打算用午餐，脑子仍在继续回味方才的谈话，而略微有些出神。忽然，邻座的男子冲我搭腔道："你来此地做什么的？"估计他在想：塞拉利昂并非什么观光胜地，到这里来的，要么是商务公干，要么肯定有别的特殊事由。

"我来采访。你呢？"我与他闲谈起来。

"我在啤酒公司工作。"

随口问了问他的名字，谁知，该男子居然与我在纽约留学时期一起赴美并同居的德国前男友在同一家公司任职。

"我前男友也在这家公司上班。贵社的啤酒当年我可喝了不少呢。"

"你前男友叫什么名字？"

我原本不太想透露。但毕竟这是家业务范围辐射到西非塞拉利昂的全球化大企业，他应该不会恰好认识我前男友吧？我便告诉了他。

"噢噢！这小子呀，刚好今天的飞机到塞拉利昂。"对方爽快地说。

我笑了起来："啊……别别，可别开玩笑。"

不料，男子当即把他的手机递过来，给我瞧上面的邮件。收件人的姓名，的确是我前男友。

"今天大家打算聚一聚，你也来吧？再说这种巧合太难得了。我回头再联络你。"

我把自己来到塞拉利昂后才拿到的电话号码输进男子的手机，不知为何，紧张得当场双手有些瑟瑟发抖。平时我很少表现得如此慌乱，可当时却再也冒不出一句轻松的闲聊。

午餐后，我来到当地话叫作"KK"的三轮摩的乘车点，告诉了司机目的地，讲了讲价钱，和两名拼车的乘客一同坐上了后座。马上要开始下一段采访了，我必须保持冷静，可脑子却陷入了小小的慌乱，于是我给朋友麻美拨了个电话。坐在KK上，马路上的嘈杂噪声不停灌入车内。三人同乘，把车厢挤得瓷瓷实实。我缩在角落，为了不被风声吵到，尽量蜷起身子通话。

"那你就去见见他呗。毕竟又不是在东京或纽约，对吧？这种巧合太难得了。不要紧的，你别想太多。"麻美如此劝说。

挂掉电话，在首都弗里敦夹杂着灰尘味儿的风中，我任由身体随着屁股下面车身的颠簸而颠簸，同时脑子里思绪纷飞。

曾经同居了三年的德国前男友，是我在亲人之外的第一位"家人"。

遭遇性侵之后，警察曾数次问我，"有没有男朋友啊？"当时我和他分手整一年，便答："没有。"警察却说："是嘛，那就好啊。要是有男朋友，估计会挺难受吧。"我难受？还是男朋友难受？搞不懂警察话里真正的意思。当时的我，无论如何不愿把受害后内心的痛苦向家人流露，深觉若是曾经比家人更为亲近的他能够陪在身畔，说不定会好受许多——我对男性感到恐惧的同时，却也希望求得男性的保护。

眼看就要大学毕业那阵子，我勾勒了许多今后希望实现的梦想。正值我对未来满怀憧憬之际,男友却说:"今后,我这个职位会每隔两年调任一次岗位,在世界各地到处走。你跟我一起来吧。要是找工作有困难,就教教你喜欢的瑜伽也可以。"

在我理解中,他的意思是:我的新闻记者梦,我心中的抱负,都不在他考虑当中,只需乖乖陪在他左右即可,反正他养得起我。一路走来,他是我身边最为亲近的人,却说出这番我最不愿听到的话,使我备受打击。

在没有工作基础的情况下,假如我答应跟他走,岂非要过一种彻底寄生于他的生活?我恐惧这样的结果,认为彼此对这段关系的期待存在差异,遂与他分了手。

在KK的颠簸中,我思索着。

假如当时我下定决心追随他到世界任何角落,自己后来就不会在日本遭遇性侵了,不是吗?

当晚,采访结束后,我又跨上了一辆当地话称为"奥卡塔"的两轮摩的的后座,向约好碰面的餐馆驶去。奥卡塔在拥堵的车流中灵活地转来转去,确实非常方便。但实际上,由于它们经常在道路上随意逆行,导致事故高发,所以同事汉娜曾发出"禁止令",不准我乘坐奥卡塔。到达地点后,我发现这家餐馆建在一座小土丘之上,与高级酒店毗邻,从海外前来出差的商务人士,或外交来访人员,纷纷聚集在此地。

前任联系我,说会议结束后马上过来,我决定点瓶当地的啤酒,自己先独饮起来。弗里敦这座城市坡道极多,入夜后,眼前只见一栋栋墙皮剥落、露出红土和水泥的建筑。附近全凭人力徒手搭建的房屋,纷纷隐藏在暗影里,唯有街头的灯光熠熠发亮，感觉和神户的氛围有那么点相似。

我与他已足足四年未曾见面。落座在我面前的他，仍是那张熟悉的面孔，一举一动也是记忆中的模样，但感觉中，却好似素昧平生的陌生人。

只因四年当中，我们各自度过了完全不同的时光。不过，聊起来之后，我发觉自己表达附和的方式，竟有点受他传染，操起了混着德国腔的克里奥式英语。我们两人，彼此有一肚子话要讲，同样有许多话不必讲也了然于心。

"太好了！今天能这样在塞拉利昂重逢，说明我们正沿着自己所笃信的道路，踏踏实实，一步一脚印地向前走啊。"

说完这句话，与他道了再见，我为了赶回住宿点，走到店外寻找奥卡塔。看来在这一带，客人们都配有带司机的专用车。半天找不到一辆奥卡塔或KK，我有点犯难，发愁该怎么回去。不过，当我操着克里奥式的英语，用在塞拉利昂当地掌握的各种交涉术，最终成功抵达住处，睡在自己的床上时，心中感到分外充实。

假如当年，我走了一条并非自主抉择的道路，或许也不会像今天这样，来到塞拉利昂，采访拍摄关于性暴力的纪录片。我为自己拥有选择，以及做出选择的能力而倍感自豪。今后，不管又传染了谁的口头禅或说话腔调，我都会全然地接受并拥抱之，因为这就是我。我要遵从自己的感受，循着内心的方向，掌舵起航。

2021.9.13

日语研究·关于主语

日语是我的母语。但很多时候，我却会在谈话中跟不上对方的思路，听得满头雾水。尤其当双方关系还不错时，对方或许默认作为听者的我，应该能理解他的意思吧，所以说话时频繁将主语缺省，略过不提。

"呃，刚才是在说谁？""你是指什么？""所谓'那件事'，具体是哪件事？"

聊天中设若屡次三番地发问，会使谈话频频被打断，所以我尽可能开动想象力，尝试追上对方的节奏。随着话题逐步向前推进，有时便会"啊啊……"，恍然大悟对方的意思。但有时，也会永远搞不明白对方到底在说些什么。

日语中有个俗语叫"读懂空气"，做到这点，应该需要点超能力。英语中假如说"read the air"，会让人猜测：莫非是指天气预报员？超能力人士？要么是忍者？日本人习以为常的"猜主语游戏"，其实类似于一种读心术，是个猜测对方内心所想的技术活。若说"read the heart"（猜心），则又变成了心理治疗师，要么心理学者，或者依旧是超能力奇人。猜来猜去，恐怕便彻底乱了套。至于猜对方话里的主语，需要动用点想象力，推测出"他大约是这个意思吧？"。在这样的交流模式里，频繁发生误解或会错意的情况，恐怕也无可奈何。

可是，对日语持批判态度的我，又发现自己说话的时候，一开口总会乱飙主语。写文章也一样。当年写《黑箱》的时候，我要求尽最大限度把主语"我"删去，搞得编辑很是头大。"我这样""我那样"，岂非满口都在谈自己？再者，我也考虑，文字内容本身是谈自身过往所经历的事件，既然如此，减少若干主语的使用，说不定读起来会稍稍流畅易读一些呢？但后来我又反省：忌讳对"我"的使用，或许是在逃避落笔时以一种负起全责的态度，对待自己写下的文字。

况且，"我个人这样认为""我个人会这样做"之类强调主语的说法，和日语中"一般大家皆如何""通常世人认为如何"的惯用句式，听起来感受完全不同。

一味放大主语的范畴，实际是件恐怖的事，会从"我之外的其他人如何如何"，变成具有强迫意味的"一般大家皆如何，所以非如此不可"。

所以，我希望珍惜对主语"我"的使用，同时，在弄不懂对方话里的主语时，温柔地回问一句："刚才是在说谁？""谁是那么想的？""一般，是指谁的一般？"

2021.9.14

塞拉利昂"疟疾历险记"

全球皆知,在西非塞拉利昂,儿童五岁以前的死亡率畸高,比例约达百分之十一点四(据联合国开发计划署《人类发展指数报告》公布的数字,为千分之十三点五)。

我在塞拉利昂首都弗里敦的医院里,初次见到两岁的阿多杜达,是二〇一八年的夏天。当时他正在加护病房里接受治疗。母亲卡迪亚茨守在旁边,愁容满面地望着儿子。此前,她已经失去了七个孩子。阿多杜达排行第八,后面还有个七个月大的妹妹。

她们居住的村庄没有医院。以往每当孩子生病,卡迪亚茨就会抓些草药回来,试图用当地传统的土办法治疗,但孩子们相继离世,无一康复。村里的人,都传言卡迪亚茨被恶魔附了身。丈夫见到阿多杜达病情恶化,也抛下妻儿离开了家。邻居对此惨况实在看不过去,带着卡迪亚茨和孩子来到首都,劝说他们去医院治病。这是卡迪亚茨平生头一次带孩子上医院。

折磨阿多杜达的是疟疾。七位兄弟姐妹的死,也有极大可能与疟疾相关。

"这孩子要是跟着我,恐怕命也保不住。我再也承受不了失去孩子的痛苦了。"

卡迪亚茨眼泪汪汪,把儿子托付给来采访的我,恳求我将阿多杜达收为养子。望着她,我一阵心碎,劝道:"这不怪你。只要今后继续来医院治疗,孩子就一定会得救。"

自那以后,已两年过去,孩子们依旧健康地活在人世。

疟疾是一种在发作初期及时治疗则完全可以痊愈的疾病,但在医疗设施尚不完备、求医不便的地域,依然被人们视为恶魔般恐怖的绝症。截至二〇二〇年四月二十日,由新型冠状病毒COVID-19导致的死亡数目,全球已超过了十六万五千人。但与此同时,如今每年依然有超过四十万人,因疟疾而丧命。

在二〇二〇年一月,新冠病毒即将肆虐全球的前夕,为了追踪报道非洲大陆的一项古老陋习——女性割礼(Female Genital Mutilation,简称FGM),我重回塞拉利昂,在当地经受了一场疟疾的"洗礼"。当时,我与六十名年轻女孩一起在某片号称"圣林"的地方度过了一周,参加了一场为女孩举办的成人典礼,自始至终处于与外界完全隔离的状态。

若是依照过去的传统,在成人仪式上接受了割礼之后,女孩方能被视作"一个真正的女人"。但这次,族人们打算进行一些新的尝试,为了保障女孩的人身安全,他们决定舍弃割礼,仅保留该项传统仪式的形式。典礼期间,一旦进入圣林,便再也不可踏出外界半步,更禁止利用手机等设备与外部进行联系,只可以擦拭身体,甚至连洗头也不被允许。而我,则跟随村里负责操办仪式的一群婆婆,遵循当地的传统,严守各项规则,亲历了举办仪式的过程。在此之前,我花了两年工夫与对方联络、商洽,才终于取得了采访的许可,因此内心兴奋不已。

我与六十名年龄约在七岁至十七岁的少女,过起了集体生活。第一天,仪式从夜间开始。我们每个人都得到了一个新名字,整张脸涂满了白泥似的颜料,在激越的鼓声中睡下。树林里没有电灯。漆黑的仓房内,大伙肩并肩、人挨人睡在泥地上。迷迷糊糊中,一只体格巨大到难以置信的蚂蚁,在我锁骨附近溜达起来。我吓得高声尖叫,吵醒了好几人。有的女孩,长这么大头一次离开父母,忍不住在黑夜里抽泣。

塞满了人的仓房,憋闷到几乎难以呼吸,直至最后我慢慢习惯了。仓房门前,有老婆婆负责看守。想去室外,得撒谎说上厕所(当然,不存在"厕所"这种东西,只能躲在草丛里解决)。村里的婆婆们,也是年长的权力人士,时刻监视着大家的一举一动,连出去方便一下,也需要提心吊胆。

白天,我们便依照婆婆的指示唱歌、跳舞,或撕开巨大的树叶编织成草裙,干各种各样的杂活。从做饭帮厨,伺候用餐,生活中所有的行动自由,皆掌握在婆婆们手里。

当这种集体生活过了将近一半时,有天,我忽然感觉浑身直冒寒气,没多大工夫,就虚弱到站也站不起来了。依照规定,一周之内任何人不得踏出圣林,于是,我向婆婆们说明了情况。她们拿出抗原试剂盒,给我做了个简易测试。结果在她们意料之中,是疟疾阳性。我请求送我去医院,她们却把我带到了日常起居的仓房之外的另一间小屋,从外面把门反锁了起来。用她们的话说:"仪式过程中走出圣林,会被恶魔杀死。"婆婆们或许在用她们的方式守护我，但结果是令我陷入了监禁状态。

离仪式结束还有两天。直至前日，每天我都会委托某个协助从外界向圣林运送食物的女孩捎一封信（类似上学的时候给同桌或邻座递的那种小纸条），向在林外守候的采访团队报告我这边的情况。因为忽然中断了联系，队友即刻察觉到了异样。入夜后，队友们设法撬开了小屋的门锁，背起我，把我救出了圣林。当时，婆婆和村里的族人发觉我破坏了规矩，勃然大怒，掀起了轩然大波。

我们当即决定逃出村去。在离村子最近的一家医院做了血检，果然是疟疾。该处距离首都弗里敦大约六小时车程，我躺在停电的医院里，想到这恐怕是自己人生的最后时刻，不禁流下了眼泪。几年来我强打精神，不懈抗争，仅在两周前，才刚刚拿到性侵案民事判决的一审胜诉结果。我心中充满了对父母的歉疚。见我低声饮泣的样子，负责照看的护士居然笑出了声。当然，因疟疾而丧命的例子不在少数，但这个国家的居民，一辈子大多都感染过好几次。

之后，医生告知说，该院无法提供合适的治疗药品，我们遂决定等到早晨，便转院去首都弗里敦。

在这个难以成眠的夜里，我猛然记起一位朋友、摄影记者佐藤慧君曾经得过疟疾，赶忙联系了他。

"多喝点可乐和番茄汁就没事了！"

我原本还期待他能给出点医学方面的建议呢……心里犯着嘀咕，但还是遵照他的话，在去弗里敦市区医院的一路上，不停灌着可乐（搞不到番茄汁，但可乐这种东西确实随处有售），据说可乐能够替代输液的点滴。总算，在保存体力的情况下，我们抵达了目的地。检查表明，我不仅患有疟疾，还同时感染了伤寒，随即在该院接受了治疗。

身体康复后，我一直为自己破坏了村里婆婆们的规矩而感到歉疚。没能见证最终那场"毕业式"，也使我倍觉遗憾。采访团队的伙伴们，一方面为大家能平安无事地再会而兴高采烈；另一方面，也埋怨我干吗不趁自己还有行动能力的时候，赶紧逃出树林。队友说得没错。我在短短几日里，生活于婆婆们的掌控之下，丝毫不敢违逆。自己明明是外来的访问者，却太过顺从于被安排的生活，也许失去了依从自身意志行动的能力。

在此之前，我对这种危及生命的割礼，为何能作为习俗长期延存下来一直无法理解。此刻，我却痛切地领悟到，这一整套"通关仪式"，其实是维护村庄内部的固有秩序，对女孩们进行规训的手段。为了达成目的，方法或许并不重要，甚至可以不择手段。

对于患儿阿多杜达的母亲卡迪亚茨，我也曾困惑她为何不依赖正规的医疗手段，早点带孩子去医院看病。但如今，我多少有点理解了她的做法。

一个人，一旦从铺设好的行为轨道或规则框架中跳出，就很难继续在共同体内部生存下去了。此类危及生命与健康的行为，至今依然延存于当地。

女子割礼、疟疾的治疗等，以及与之相关的一切传统与习俗，听起来或许只是发生在遥远异国的惨事。然而，"应该如何如何"的洗脑观念，广泛存在于所有人类社会中，使人不禁反思，我们身处的发达社会里，又何尝没有类似的事情发生？

2021.9.14

今日，便是生命最后一日

你还记得自己花钱买过的第一本书吗？

我人生中初次拿零用钱买的书，是一册动物摄影集《你今天心情不好吗？》(*The Blue Book*)。

在此之前，我当然也买过 *Nakayoshi* 和 *Ciao* 之类的少女漫画杂志，跟小朋友们轮流交换着读，但这本摄影集不同，它是第一本真正意义上的"书"。

刚升小学那会儿，我迷上了我家录影带里的迪士尼动画片《狮子王》。甚至没完没了地大声高唱主题曲，遭到爸妈怒骂，斥责我"扰邻"。但我对热带草原的狂热，并未就此降温。在小学四年级的作文中，我对梦想的描述是，"将来要从事热带草原动物的研究，在非洲当地进行电视报道，空档期还要去做海豚训练师"，可以说不伦不类、五花八门。

那时候，每周日电视台播放综艺节目《动物奇想天开！》时，我也必定会拿起笔和小本子，蹲守在电视机前，只要听到之前闻所未闻、从不认识的动物名字，就忙不迭地记在本本上。碰上手边恰好没有本子和纸片的时候，我会趁着还没忘掉，赶紧抄起油性笔，把各种非洲才有的珍稀动物名，写在家里新买的书桌上。为了不挨爸妈骂，姑且会挑最下面一格专门放课本的抽屉下手。

《你今天心情不好吗?》这本影集，收录了许多神情各异的动物的黑白照片。每一页的图片旁都附有相应的文字，仿佛借由动物之口告诉读者，只要活着，就会有形形色色的遭遇。当中有句文案，是这样写的：

Live every day as if it were your last, because one day it will be.

把每一天当作生命最后的日子来度过，因为总有一日，它会到来。

照片中的幼狮，孤零零坐在宽广的大草原上，望着远方的某处。

在它头顶，是大象的两条前腿，仿佛随时会踏出一步，将它碾成肉泥。在摄影师按下快门后的那一刻，小狮子它还好吗？为何摄影师一门心思只顾拍照，却不出手搭救小狮子呢？对年幼的我来说，这是极具震撼力的一幅图景。

中学时代，我在医院病房开设的"院内辅导班"上课。当我得知好友同桌将永远不会再回来听课时，那份无能为力的感受，就会伴着大象硕大的前腿一同浮现在脑海。

当我感到烦闷、痛苦，或在记者见面会上公布自己受害的经历时，图片里这段文字总能适时地卸去我肩头的压力，放松我紧绷的神经。既然以自身的力量左右不了事态的方向，那便尽人事、听天命好了。

遭遇性侵以后，我曾数度冒出寻死的念头。与死亡打个照面，活了下来，继而重新获得活下去的勇气与动力——如此反反复复，"把每一天当作生命最后的日子来度过"，结果是，时至今日，我依然站在这里。近来，借助这段文字，我感觉终于能从容自得地"享受当下""活在此刻"了。

不必再执着于过去或未来。过去的事，大概是心理创伤的缘故吧，我不愿再记起。至于未来怎么样，谁都没有答案。如今，我只希望和勤勤恳恳为我效劳的身与心，以及眼前陪伴左右的人，共同好好生活下去。

例如，当下的此刻，由于台风登陆，大阪的采访计划暂时取消。

东京都内，金木樨花正齐齐绽放。不冷不热的气温，令人惬意。舒适的清风包裹着身体。我把家中的每扇窗子全部推开，处理完手边的事务后，想舒展一下腿脚，又跑到户外的咖啡座继续工作。

天空开始淅淅沥沥下起小雨，但周遭绿意盎然，令人适意。

昨夜，虽然因为午饭吃得迟，肚子并不怎么饿，我和朋友却去了心头最爱的烤串店。接近半生的烤鸡肝太过美味，勾得我馋虫大起，又点了好多串鸡肝、鸡心、牛心管，直吃到肚子再也塞不下为止。

回家的途中，恰好路过我早就有意拐进去尝尝的拉面店，熟悉的句子再度从眼前飘过："把每一天当作生命最后的日子……"偷偷解开牛仔裤的腰扣，我又吃了一碗"完美收尾"的拉面，心说："这下终于尽兴了。"

以前，东京的街道总令我莫名感到惊怯。如今，在金木樨、拉面、烤鸡肝等各种小确幸的支撑下，自己对东京生活的爱意，正一点一滴日渐深浓。

甚至希望，生命的最后一日永不要来。活着真好。

2021.9.17

炸面果之味

此刻，我正在西表岛上吃着一道葡式特色油炸甜面果（Malasada）。据说，它原本诞生于马德拉群岛（有"大西洋明珠"的美誉），后经渡海而来的葡萄牙人四处传播，最终变成了夏威夷岛上必吃不可的一道美味小吃。面果外层撒满了糖霜，呈圆球状，好似中间未开洞的甜甜圈，让人总拿不定主意该从哪儿开始下嘴。

我想尝试将近来心头重新撕开的伤口，就着眼前的美景，一道咽下肚去。

此刻，我置身于西表岛的玄关——上原港的一家咖啡馆里，店名叫作"西表的少年"。长年沐浴着岛上丰沛的阳光，肤色晒成恰到好处的小麦金，气质宛若少年的店主大叔，冲我打招呼："随便找地方坐吧。"我落座在户外的位子，一面眺望港口的风景，一面吃起了葡式炸面果。

这阵子我尤其健忘。虽然打过去起，我本就记性不好，但自从出了那件事以后，忘性就更大了。据说属于PTSD（创伤后应激障碍）的症状之一。

然而，炸面果一瞬间重新唤醒了沉积在我内心底层的那段我不愿再回想的记忆，如果可能的话，我更希望保持稀里糊涂，但由于太过重要，或许这段记忆最好永远铭刻在心。

六年前，在原宿的背街里巷内一间铺满玻璃幕墙、阳光明亮的时髦咖啡馆的二楼，我背靠玻璃墙，望着面前欣喜雀跃的妹妹。那时，她刚刚考上大学。

当天，在妹妹的央求下，我答应带她去一间新近开业、装修时髦、充满夏威夷风情的咖啡馆。那阵子我刚从纽约回国，住在原宿的某栋合租公寓，在路透社上班。

到了约定好的周六，本该在车站碰头的我，既不见人影，也不发一条消息。心里纳闷的妹妹，跑到公寓来瞧瞧我究竟是怎么回事。在屋中抱膝呆坐的我，一动不动，仿佛彻底丧失了时间意识。没料到妹妹竟然直接找上门来，我慌了神，心想：千万不能被她察觉到今早发生过什么。

"要不然，你先去服装店逛逛？姐姐有点急事非办不可。抱歉，我这边马上完事，结束后去咖啡馆找你。"

我终于站起身来，去了最近的一家妇科诊所，开了事后补救的紧急避孕药。我本想告诉医生自己或许被强暴了，话到嗓子眼却哽住了，无法说出究竟发生过什么。医生见状把药片递给我，问："避孕失败了？出了诊疗室后，马上把药吃了吧。"

待我终于坐在铺满美丽玻璃幕墙的咖啡馆里，方才来得及回味当日发生的一连串事情。

面前的妹妹，这天稍稍打扮了一番，正拿着手机专心给甜品拍照，同时开心地大呼小叫："哇！好漂亮！"每次我和妹妹一起用餐或分享甜品，两人总会你争我抢。而当日，咖啡馆的精美糕点，与即使一遍又一遍冲洗和拼命拿泡沫擦拭过，却依然被某种去除不掉的污物包裹的我，极不相称。

它们像当天早晨在诊室里堵住喉咙的话语，无法下咽。

此刻，时间与地点皆已不复昨日。我腮帮子鼓鼓的，嘴里塞满了炸面果，脑子里走马灯般，从容而清晰地回忆起过往的种种。

认真回想，细细品尝炸面果的滋味，在我这里还是平生头一回。

脑子里回味着往事，游泳后筋疲力尽的身体，顷刻间便将冲绳特产波照间黑糖与撒满肉桂粉的炸面果，风卷残云般吞噬得干干净净。

今日的我，身上不存在什么污垢，也没有谁可以玷污我；既能把好吃的东西吃得有滋有味，又拥有与我一同分享美食、令我"食而知味"的伙伴。

假如可能的话，我想回到那时候——六年前的那天，与欢欣雀跃的妹妹一齐鼓着腮帮子，分享那盘炸面果。生活也将一如既往，每当有新的时髦咖啡馆开张，就会在妹妹的软磨硬泡下，兴奋地笑闹着，一起出门去尝鲜。我希望这样的日子，能持续到永久。

可是，望着眼前为了炸面果而喜形于色的妹妹，那天，我暗暗下了决心：决不允许发生在自己身上的遭遇，在她的身上重演。为此，我要竭尽自己的全力，做一切力所能及的事。

在民风保守的美国大农村堪萨斯州内，身为日本人的我，仿佛是个外星人。或者，在一切皆有可能的纽约城，坐地铁时，上一秒还在担心会不会冷不丁被谁破口大骂，下一秒又会被人热烈友好地拥抱。但不管走到哪里，我身经百炼，不断学习，掌握了属于自己的、足以表达自身情绪的语言，生存了下来。然而，在遭遇性侵的一刻，明明能言善道，在语言表达方面一向自信满满的我，却不知该如何发声讲述。想象这种事万一发生在眼前的妹妹身上，我就恐惧到不寒而栗。决不能让她有同样的遭遇！我坚定地想。

那之后的六年里，我与妹妹一起逛咖啡馆的次数少了许多。性暴力的创伤，也会波及受害者身边的亲人，令他们痛心彻骨。这种强烈的冲击，有时甚至会摧毁关系，导致双方断绝来往。我在记者见面会上发声控诉后，妹妹接连好几个月没有勇气和我讲话。后来我暂居伦敦，她才提出："倒是可以在那边见见。"而后飞到英国，与我一同吃了顿薯片和炸鱼大餐。我这才发觉，妹妹早已到了合法饮酒的年龄。

这次回东京后，我打算再邀请妹妹一起尝尝炸面果，四处探探店，找找哪家的风味最齐全，而后，姐妹二人共享一只炸面果，你争我抢地大快朵颐。

2021.9.29

噩梦的进化

又做噩梦了。

依旧是被老男人骚扰的梦。

梦中,我不知出于什么原因,置身一幢姓名不详、身份不明的陌生老男人的豪宅。只模模糊糊觉得,似乎是从前在酒吧打工时,接触过几次但并不相熟的客人。

老男人看模样大约六十五岁左右,略显内向,感觉有种阴郁黏湿的气质,生着一张宽脸。我只身一人待在他家,究竟干什么呢?家政妇?帮佣或保姆?具体并不清楚,但似乎是个干杂活的勤务人员。

正当我忙忙碌碌做着家务时,却在狭窄的书房里不巧撞见了老男人,被他死死纠缠,上下抚摸。我拼命挣脱,逃出了书房——梦里总是反反复复上演着相同的剧情。老头的妻子似乎也察觉到了他的劣迹。老太婆小小的个子,样子比老头显老许多,一身打扮却优雅、光鲜、得体;脂粉厚厚的脸上泛着干皮,假白的肤色搭配涂抹得血红的嘴唇,好似妖怪。她少言寡语,给我一种感觉:这个女人,没准是老头圈养的奴隶。

我无法逃离这座大宅,只能留在那里继续干活。不料某天,又被老太婆缠住了。也许干的是份包吃包住的工作吧，我当时正在更衣，身上只剩一套内衣。老太婆忽从正面贴了过来，惨白的脸不断凑近。惊恐不安的同时，我内心却又涌起一股怪异的怜悯之情：莫非这个女人对爱太过饥渴？我没像之前对待老头那样，迅速从她身边逃离，而是用力抱了抱面前的老女人，安慰了一句"没关系哦"，随后才脱身而去。

不过，由于逃走时太过仓皇，竟把衣服不小心遗落在原地。我慌慌张张拐回头取，不料又和老头撞了个正着。浑身只剩内衣的我，无法像上次那样冲出室外，压根跑不掉。梦中的我，约莫二十五岁，即现实生活中遭遇性侵的年纪，也可能要更年轻一点。若是换作今天的我，（大概）会狠狠给老头一拳，哪怕只穿一身内衣，也会立即夺门而出。但梦中那个年轻的我却办不到，还急得差点哭出声来，死命反抗着，总算在大宅内甩掉了老头的纠缠。

梦中的场景随即切换。我为自己遭受的骚扰，选择与之公开对决。在一个貌似法庭的地方，坐着老头以及他的朋友。而我，却孤身与之周旋，平静陈述着对方的所作所为。听了我的控诉，老头二人似乎觉得十分好玩，居然拿起手机冲我怼脸拍摄起来。目睹这一切的法官，远远端坐着，对此丝毫不以为意。我怒斥："刚才是不是在拍我？请立即删除！"老头们却十分嘴硬："没有拍。""手机拿给我看看！"我要求道。递过来的手机里，居然存有一大堆我在学生时代的照片——初高中时参加学校文化祭的我，或是我与朋友交谈的场景等，看起来都是些偷窥视角的拍摄。最近才遇到的老头，不可能拍到那个年龄段的我。他怎会保存这么多我早年的照片呢？

我急忙执行删除操作，老头死命护着照片，试图从我手上抢回手机。与此同时，老头的朋友的手机里似乎也存有同样的照片，正准备将它们悉数传到网上，散播出去。无论我怎样努力伸出手去，光是按住老头的手机就已经用尽了全力，压根够不到那位朋友，眼看着他一溜烟地逃走了。这期间，照片已陆续在社会上散播开去。

此时，梦中的场景再次切换。法官去了哪里？这次，我和性骚扰的老头在一条设有护栏的路上抢起了手机。到了这时候，老头仍不忘揩油，对我动手动脚。我豁出去大骂了一通，转身欲逃。

谁知忽然间，我却把心一横，决定像上次对待老女人那样，原谅并接纳老头，搂住他的头，把他当孩子一般拥在怀中，心里明知言不由衷，却依然告诉他："没关系哦，我很爱你。"闻言，老头忽然乖乖地停止了骚扰。我恍然大悟，由衷感到：啊，原来他也是个缺爱之人。随后，便从梦中醒了过来。

面对恨不得一拳揍死的可恨之徒，为何自己竟不惜拥之入怀，说出那样一番爱的谎言呢？什么嘛，我彻底蒙了。心里阵阵硌硬。一大早真是晦气！

不过，此时此刻我在冲绳，有幸沐浴着岛上的阳光，真好。我来到户外，明日起就要进入十月了，蝉鸣仍在鼓噪地合唱。听着耳边的蝉声，我回味着梦中的情景。

前阵子，我在写作中提到曾在银座打工的经历，写道："当年在饮酒席间应酬客人，曾遇到一些为难的事。"编辑堀由女士在返回来的稿子上批注："当时发生过什么？请再详细写一写。"可是，具体的经过，我一概回忆不起来了。或许不愉快的经历都从头脑和记忆中删除了吧，我无法描述后来发生了什么。

不过，我想到了一件事。

这件事发生在我去夜店上班时乘坐电梯的一刻。一位之前有过几次接触的客人，与我一起走进了电梯。这位客人向来总是独自光顾，表现得沉静寡言，从不说些下流的黄段子来取乐；不知是否不善饮酒的缘故，一向喝得很少，也从不强迫侍应生陪酒，说起话来语气从容。有时，我们彼此会聊聊他的家庭，或我的留学经历与梦想。

然而，那天，当电梯里只剩下我们二人的瞬间，他却突然把脸凑了过来。我拼命闪躲，把脸扭向一边，缩起身子往下蹲。我不记得当时自己说了些什么，总之后来逃出了电梯。但接下来不得不接待他。我尽量与他保持一个安全的距离，不敢挨近他，而是坐到了斜对面的位子。只记得他语气略显伤心地说："你看我的眼神，就像看一只蟑螂。"因为我总是容易把情绪挂在脸上。这位客人从此再没到店里来过。对他这种未经同意随便强吻的行为，我一方面感到气愤，同时又莫名有种幻灭感。原来，他把我当作一个没有他人在场时，就可以随意非礼的对象。

一方面，我在之前的随笔中曾美化道：过去在酒水行业打工学到了不少经验，对今日的工作依然起到了助益的作用。这点确实没错。但另一方面，我不停地把这种话重复给自己听，强化这种叙事，或许只是试图借此忘却那些不愉快的、懊恼不甘的回忆。

为了去美国读大学，我没日没夜地拼命打工存钱，一心想凭自身的力量设法实现梦想，为此不知流下了多少辛苦的汗水，才开拓出一条属于自己的道路。然而，"世间"至今依然是各种刻板偏见占据主流。这样说也许是句正确的废话，但就算是从事酒水行业的女性，也不代表可以任人为所欲为。

然而，遗憾的是，无论受害者怎样高声控诉，陈述发生在自己身上的事实，那些关起门来，发生在门背后的行为，最终依然要依据当事者"值得信赖的程度"来判断与裁决。而这所谓的"可信度"，并非基于其人本身的人品来界定，而是由其所处的社会地位、出身的大学、职位、家世来定夺——仿佛在日本社会中，也存在一种隐形的种姓制度。

2021.9.30

用美食寄托自己

临近九月下旬，在一个阳光明媚的日子，我又去了东京地方法院。

每次到这个地方，我必定会去法院大楼背后的律师会馆和律师团碰个面，在附近的街区溜达一圈，而后再走进法院。这是我个人的一项安静的小仪式。

当天早晨，我有些心绪不宁。为了呼吸点户外的新鲜空气，我抢在律师团前面一步踏出会馆，来回活动着肩膀，做了个深呼吸。时隔两年，自己又要与山口敬之当面对质。紧邻东京地方法院的，是日比谷公园。这一带被郁郁葱葱的树木所环绕，景色宜人。为了待会儿在通风不畅的法院大楼里不被沉重的氛围所压倒，我先趁现在把氧气吸饱。

今日的终审被安排在面积最大的一〇一号法庭举行。最初的两分钟，由各家电视媒体入场拍摄。庭内不允许交头接耳，是一段彻底静默的时间，与二〇一七年十二月首次开庭时相同。对面的席位，应该是留给被告人辩护律师团队以及山口本人的，此时依然空着。四年前的初审，以及之后的日子里，我对峙的始终是一张空空无人的座椅。但今天，两分钟之后，他们将走入法庭，原因大概是不愿被镜头记录吧。

漫长的沉默时间结束后，山口步入我的视线。两人四目相接。在向法官陈述自己的意见时，我尽量不靠近对方的席位，避免站在法庭的中央发言，而去了被律师团左右夹击的位子。

山口却相反。他堂皇自若站上了中央席，在我面前约三米处近距离发言。

出于恐惧，我试图把视线投向旁听席，又担心看到哪个令我有安全感的亲友而当场飙泪，只好愣愣地，把目光的焦点落在正振振有词的山口的面部表情上。

在意见陈述环节，各种我听不下去的发言，如同冰桶挑战，对我兜头浇下。我的身体一下僵住，仿佛关节已锈死。

终审结束，接下来只需静待高等法院判决。

法院入口处，大批记者守候在门外，为了待会儿能围住当事人近距离采访。迈出大门前，为了稍稍调整呼吸，我走进了洗手间。关上门，蹲下身去的瞬间，眼泪便涌了出来。在阵阵眩晕、全身发麻的旋涡中，心与头脑皆丧失了凭依。在这段彷徨无措的时间里，我不知道自己究竟有怎样的感觉，能否完满回答记者的提问，或靠自己双腿的力量，坦然、镇定地站立在媒体镜头前……种种疑虑，令我忐忑难安。

"哎呀，坐便的隔间里有人呢。"

一位女士寻找坐便的说话声，使我醒过神来。东京地方法院此刻正被我占领的一楼洗手间里，仅有坐便和蹲便两个隔间。

面对媒体，也许我什么都说不出来、答不上来。但原样呈现这种状态，才是此时此刻我最真实而不矫饰的回答。拉开插销，走出洗手间，方才说话的女士已不见人影，感谢她把我"赶"了出来。

我站在法院正门前,回答着各家媒体抛来的问题,人群中还有几名脸熟的记者。也有人提出完全出乎我意料的质疑:"凭什么公众就该相信你的指控是真实的?"尽管如此,我也尽力将脑子里涌出来的言语碎片尽力拼凑成句,完成了这场"抛接球游戏"。

一抬头,发现离这群记者稍远的地方,站着摄影记者安田菜津纪与她的丈夫伊藤慧。方才,当我被团团围住接受采访时,这二人始终立在稍远处我视线能及的地方,环视着周遭,仿佛在充任现场的警卫员。平时我总是背朝法院大门接受采访,这次位置却稍有不同。或许由于片刻前刚听了一大堆山口令人憎恶的发言吧,我害怕有谁从背后接近并刺伤我。唯有这一日,我后悔未能事先穿上朋友们为我今年生日赠送的礼物——一件防刺背心。毕竟这些朋友,曾亲眼见证过"川崎市仇恨示威游行"[1]。

问答的"抛接球"终于告一段落,我将那些人撇在身后,离开了现场。

方才一直立于外场的安田菜津纪出现在眼前,给了我一个拥抱。

---

1 川崎市仇恨示威游行:由排斥、仇视外国人的日本民间团体于2016年6月5日所发起的一次大规模游行活动,意在驱逐因诸多历史原因而居住在川崎市的日韩国人。同时,也有一部分川崎市民自发走上街头,通过举牌、静坐等方式,向仇恨活动表示抗议。

我被她牵着手腕，登上了一辆出租车，旁边还坐着崔江以子女士。"诗织今天辛苦啦，我们在附近发现了一家料理店，菜里满满都是红辣子，走吧！"

崔女士在旨为促进多文化融合共生的川崎市公民交流会馆担任馆长，说完，便把我领到了一家专营韩式什锦辣锅的餐馆，菜品有辣炒章鱼虾子牛肠锅等。

跨入店内，平时在我情绪低落时总会一起喝酒和享用辛辣美食的伙伴已在座位上等候。原《每日新闻》记者中村成一专程从京都赶来，不紧不慢地从包里掏出一只铝箔餐盒递过来，里面盛有我最心爱的美味——炸油渣（将牛肠以小火慢慢榨干水分，炼去多余油脂后制成的食材，有时也会选用马肉、猪肉、鸡胗或鸡肠等）。

本以为今天绝不会有什么胃口，但与平日里一起畅饮的好伙伴欢聚在长桌边，围锅而坐时，管它今天是什么日子，管它上一刻我是不是还双腿虚软、阵阵晕眩地冲进洗手间抱头苦恼，在这一秒我已将发生的一切悉数忘在脑后，大声地拜托店家："快把我爱吃的又红又辣的好菜多端几盘上来！"最后，红彤彤的砂锅菜不停塞进胃里，吃得我差点撑破肚皮。

这么说来，一年前，我决心对各种诽谤言论发起诉讼那段日子，因心力交瘁、内耗严重，在记者见面会的前后一周内，曾每天食不知味，几乎吃什么都难以下咽。台湾朋友格蕾丝（因从事妇女保健科技产品的经营，每年将近一半时间都待在日本）特意用某种特色调料为我做了一顿红油火锅。在多日未能正常进餐后，我终于开怀大嚼，吸饱了热辣的能量，重新恢复了食欲。

辣炒章鱼虾子牛肠锅落肚以后，腹中变得暖洋洋的。我开始动身去参议院议员会馆，参加在名古屋出入境管理局下设的移民收容中心内不幸死去的斯里兰卡妇女——威仕玛·桑达玛丽[1]的几位妹妹举办的媒体见面会。

妹妹瓦尧米，为了寻求亲人死亡背后的真相来到日本，身在异国他乡，不仅承受着失去姐姐的痛苦，同时也需面对各种体制的高墙而极力抗争。

尽管如此，瓦尧米依然在应付媒体的间隙，向我分享了她亲手制作的甜点，美味到令人念念难忘。其中某款斯里兰卡特色可丽饼堪称一绝。瓦尧米从法式可丽饼与美式松饼中各取所长，对其进行了融合：松软、绵糯的饼底，被煎烤成艳丽的姜黄色；以椰浆揉压、擀制的薄饼皮，包着添加了白豆蔻等香料的Q弹内馅，卷成美丽的形状。这一定是姐姐桑达玛丽生前最爱的美味。

然而，当日的媒体见面会上，再度爆出在桑达玛丽关押于拘留所时，曾疑似患上严重的营养不良症，即使喂以白粥，身体仍无法吸收，吃进去后，马上就会呕吐出来。尽管如此，拘留所却并未给予她应有的输液治疗。见面会结束后，瓦尧米告诉我，她预计次日将动身回国。但愿在斯里兰卡，热乎乎、足以安抚肠胃的美食，会温柔地迎接她归来。

"改日再一起品尝美食吧！"我们以此告别，互道珍重。

---

[1] 2021年3月6日，斯里兰卡女子威仕玛·桑达玛丽（Wishma Sandamali）因遭受家暴而报警，却被日本当局发现其签证逾期未续，而被拘留在日本名古屋的移民拘留所内并死亡，这件事引发舆论谴责。据报道，在拘留期间，她因身体情况恶化而递交的临时释放请求和医疗护理申请均遭到拒绝。

同时，我也从她手中接过了接力棒，并立下约定："今后一定要将追求真相的事业进行到底！"

终审之后的几天里，我一直没敢好好地打开手机上网关注此事的动态。替我担心审判结果的朋友们，纷纷发来了信息。

"照片里，是本人正在品尝和比较的两款最爱的炸薯条！诗织也要吃点好东西哦！"有人殷殷叮嘱的同时，还附上了鼓着腮帮子，笑意满满，大嚼炸薯条的美图。

"现在是秋刀鱼最美味的季节！管它什么呢，快去吃点可口的东西啊！"

"下次咱俩去吃神保町那家咖喱饭呗。再不然，四谷的拉面或意面也行！"

"川崎那家韩国大婶开的店，之前因为'新冠疫情紧急事态宣言'而关门了好一阵子，现在马上要恢复营业了！"这位朋友发消息的时候，还不忘附上店主大婶腌制韩式辣泡菜的照片。

每个人，皆向我传递着暖心的话语、美食的邀约。我战战兢兢点开信息通知，却发现每一条信息，无不洋溢着食物的香味与朋友的笑容。

美食所蕴含的美好力量，强大到难以计量。无论日子如何痛苦、烦忧，我都感谢有一群伴我吃吃喝喝、"有饭同享"的好友；无论内心如何慌乱、焦灼，我仍希望今后的人生，继续拥有无数"以吃会友"的好时光。

2021.10.19

可以上路了，我能行

拿到驾照后的一天，我初次独自开车上路了。

男友身体不舒服，可能感染了新冠，于是我驾车去了他居住的海边城市，买了一大堆东西，送到他家门口，圆满完成了一次"出车任务"。我从写有"恭祝毕业"的白色信封里取出新手标志的贴纸，在租来的车子前后风挡上各贴了一张，随后才出发上路，却又没胆量一上来先开高速，只敢走走普通公路，足足花了四小时才赶到目的地。如果乘电车，其实一小时多点就够了。

我是在总共没几处信号灯的伊豆大岛远程办公时上的驾校。对于高速公路驾驶的练习，是通过一台马里奥赛车游戏式的模拟装置进行的。为了在世界各国皆能驾车，我希望考一本手动挡驾照。结果，教练总对我叽歪些狗屁不通的道理："没啥子正经理由的家伙，考不了手动挡！""女人考什么手动挡呢！"每当此时，我会毫不客气地给他怼回去。估计在他眼里，我是个挺不好惹的女人吧。尽管如此，我也平安无事地考取了驾照。但哪知道，实际一上路，才发觉自己还不懂该如何停车。

万幸，超市的停车场可以直接车头入、车头出。我避开车位两侧的划线，把车在略靠中央的位置停稳，眼看任务即将完成，打算喘口气时，手机忽然响了。

是日常协助我处理诉讼事宜和对接媒体的直子打来的。

"嗯……有两件事必须得告诉你。虽说不是什么好消息。"

就算没有这事，一连驾车几个小时，我两边肩膀也酸沉酸沉的，闻言，肩膀更僵了。是官司出了问题？要么，是网上又爆发了不堪入目的诽谤性言论？我吸了口气，做好了心理准备。

"第一件事，山口公开宣布，要对石川优实、前川喜平等四人发起名誉损害的诉讼。"

在此之前，山口一直扬言，要状告那些在公共平台或媒体上把他当成罪犯对待的人。现在，居然又要起诉与我同年代的朋友优实？也不知律师费方面，会不会筹措困难……一时间忧虑与歉意，纷纷充斥了我的心头。直子建议，多邀请一些愿意提供帮助的伙伴加入进来。

"第二件事，下周的口头答辩（终审），山口也将出席。完毕。"

我顿时眼前一片模糊。

"是吗？明白了。"

好歹给出了一句回应。

我开始后悔今天草率的驾车出行了，此刻不光浑身乏力，更是泪眼蒙眬，视线根本无法清晰地聚焦。万一这时候出点事故，会导致下周无法出庭。再者，若是违反了交通规则，或是酿成事故，出点什么闪失的话，岂不是给对方留下攻击的口实，反被对方利用，对终审构成不利影响？明明才学会驾驶不久，对技术全无自信，干吗偏要挑等待开庭的当口，自己开车出门呢……

我闭上双眼，尝试清空头脑，直至冷静下来。

日常生活的大事小情，总被这些破人破事打乱，我已是深恶痛绝。所以必须依照原定的计划，去按日常的各个步骤行事。我深吸一口气，再次发动车子，重新上了路。将成堆的食物放在男友家门口后，我又开车到附近的蛋糕店，给身体补充了些糖分。难得来一趟海边，说不定可以游个泳。穿上一直搁在包里的泳衣，我跳进了海水中。

卸去全身的力气，我将自己委身于大海，原本因紧张而强撑的身体，跟随海浪惬意地摇曳。我放空了一小会儿。

回程中，我把心一横，驶入了高速路。去时花了那么久工夫，回程一个钟头就到家了。尽管停车花了差不多十五分钟，但好在我办到了。

那之后，至终审开庭的将近一周里，我心中毫无波澜，麻木地过着每一天。

我试图写点什么，脑子却冒不出一句话来，也不清楚自己该有怎样的感受。因为极力想捕捉当下一刻的想法，距离开庭还有三天时，才举着装了白葡萄酒的酒杯，动笔写这篇稿子，结果写到一半就作罢了。终审结束后，我依旧连打开文件夹的心思也没有。直至今天，大约已经三周过去了。

此刻，我独自回到初次驾车上路那天去过的海边，吹着秋天的海风，打开文件夹，尝试完成这篇稿子，给它画上一个句号。不同于之前那个夏末的日子，今天的阳光虽暖，风却浸透凉意，秋天彻底地来了。终审刚结束，我立刻飞往了冲绳离岛,寻找一片可以身着泳衣、尽情畅游的大海,每天要么游泳,要么潜水,无所事事地度日。失去的情绪与感受一点点复苏。在岛上生活,去哪里都离不开驾车,我也磨炼了车技,如今连倒车入库也可以三两下就麻利地搞定(有时动作太麻利,也免不了磕磕碰碰一小下)。自己能驾驭的事物越来越多,感觉真好玩儿。

遭遇性侵以后,原本早该自由自在地享受驾驶乐趣的我,仿佛身体的方向盘被一把夺去,陷入了无力感之中。自身的驾驶权和驾驶技能皆遭到了剥夺,无论怎样寻寻觅觅,都找不回那只失落的方向盘。那么今后的日子,自己该如何前进呢?向右拐,还是向后退?我进退失据、茫无头绪。

然而,今日,我重新牢牢地握住了方向盘。"但愿可以什么都不想",听我这么讲,朋友一面和我包着饺子,一面二话不说放起了动画片《JOJO的奇妙冒险》。动画片这东西,平日里我极少涉猎。此刻,我用眼尾余光瞟着电视上五颜六色的画面,二百个饺子轻轻松松便大功告成。也许,我终于安装了一套属于自身的"导航系统"。

I can drive now.

是的,可以上路了,我能行。

2021.10.19

逃避已久的声音

寻找声音，倾听声音，传达声音——本该是我一直以来从事的工作。但最近我发现，闭目塞听的现象在自己身上愈来愈多了。

如果是现实中的面前之人发出的诉求，我可以做到敞开怀抱从容倾听，而面对网络上发来的文字，却在很长一段时间里，我都没有勇气直视。

下个月，我对漫画家莲见都志子[1]发起的名誉损害诉讼即将宣判。"从提起诉讼的当时到今天，这期间有什么变化吗？""此刻，等待判决结果的你，是什么心情？"

某家媒体向我提出了这样的问题。

若说这一年来的变化，显然，日本社会针对网络上的诽谤中伤而展开的名誉诉讼，在媒体上获得报道的概率越来越高。是受害的个例增加了吗？抑或相较于过去，法律处罚的大门正一点点开启？大概两种因素兼而有之吧。

我和过去一样，回答道："老实说，结果如何与我没有关

---

1 莲见都志子（Hasumi Toshiko, 1987—）：日本女性职业漫画家，在2017年6月至2019年12月期间，在推特上发表了5篇具有诽谤性质的漫画，称伊藤诗织的行为是"枕营业大失败"，被伊藤起诉，最终，莲见都志子被法院判罚支付名誉与精神损害赔偿金110万日元。

系。"当然，如果宣判结果是积极正向的，或许今后会对同样的名誉侵害行为起到一定的抑制作用。不过，我已丧失了使用网络这种沟通工具的心理能力，这也是无法改变的事实。对于那些挣扎再三，方才鼓起勇气向我倾诉受害经历的人，我很难再接收到他们的声音。身为新闻记者，一个"以传递声音"为己任的人，这是绝不该有的状态。怎么办才好呢？

正当我陷入思考时，伊藤春香女士发联系了我，提出希望围绕名誉诽谤诉讼的结果，与我和律师来一次三人会面。

以前，她曾和我、北原美野里三人，针对 #MeToo 议题一同接受过 AERA 杂志的采访。当时，她也承受了不少明枪暗箭的言论攻击。

据说过去数年间，春香女士共发起过几十次诉讼，以 7∶3 的胜率坚持至今。才经历了三起名誉侵权诉讼，便已筋疲力尽的我，对她的战绩表示震惊。

网络是主要的言论战场，也是发表所思所感的阵地——春香女士在诉讼开始后，心态发生了极大的改变。

"以往每次发文前，我总在担心'这么写肯定会有人黑我吧？'于是，事先在心里设想一遍别人会怎么骂我、诽谤我，自己先网暴自己一轮。但如今，我又能像从前那样优哉游哉、畅所欲言地发文了。"

"优哉游哉"这个词令我印象深刻。我只有对网络的言论闭上眼睛，才能在现实世界里"优哉游哉"地度日。而在线上空间里，若想达到这一点，我还差得很远。

这大概是由于我拿不出勇气面对自己伤痛的内心吧。为了不再逃避那些逃避已久的声音，我必须首先学会倾听自己的声音。

2021.10.19

III 直面愤怒

十三岁 vs. 性同意

某次，偶然间我翻出了一本自己十三岁时的日记。起因是日本NHK电视台纪录片部门发来了采访邀请。心里以为"绝对不可能找到"的旧相册和家长联络簿等老物件，时隔二十年，又重新捧在了手上。封皮上以绿色POSCA水性笔写着"DIARY"几个大字的笔记本，再度与我见面了。

从第一页起，便记录了如今我已羞于再回忆的，少女萌动而暧昧的暗恋情愫。

小学六年级那年，我十二岁，在大家即将升入初中、各奔前程的告别季里，流行起一股互相告白的热潮。我也在周围同学的怂恿下，向自己朦朦胧胧抱有好感的K君表白了。几日之后，我收到了K君的答复："等上了初中三年级再和你交往。"这么说，告白成功了？我也拿不准。不过，当时觉得还算是个叫人开心的回复。尽管我一开始期待的，仅仅是对方一句简单的回应："我也喜欢你！"

对于十二岁的我来说，"交往"这个词意味着什么，心里尚且还没有概念。那么，三年后的"初中三年级"，未免太过遥远，就更加难以把握了。最终，对于K君的提议，我并未再做答复。

自那起一年后，升入初中的我，无意间目睹了与自己要好的女生在走廊里向 K 君告白的一幕。望着她欢喜甜蜜的神情，我恍然大悟："大约这才是告白成功的表现吧。"一时间，内心的滋味复杂难言。不过，在日记里，我依然写道："无所谓啦，反正自己当初也没有多迷恋 K 君，还是支持好朋友吧。"

十二岁初次向男生告白的情景，我至今历历在目——几名要好的女同学，躲在远处的鞋柜边探头探脑地偷窥，而我出于紧张与兴奋，表现得眉飞色舞；而男生则羞涩地不停抠弄着身上那件破洞 T 恤的袖口。

日记末尾，我如此总结："那时我爱的只是爱情本身。"

似乎正极力逞强，试图去窥测自己的心境。但年仅十三岁的我，大概并不懂得爱情究竟是什么，以及和对方恋爱后，会拥有怎样的关系。至于 K 君为何说出"初中三年级再交往"这种话，就更令我满头雾水了。如今回头再看，比起十三岁的自己，升入初中三年级后十五岁的我，或许才对恋爱与性有了一点初步的理解。

第一次从朋友嘴里听到性爱相关的话题，是在临近初中毕业的十五岁。小女生们坐在通往屋顶天台的楼梯上，互相倾吐着心中的烦恼。朋友向我诉苦：做爱会很痛，心里其实一点也不情愿，可男朋友死活要做，真不知怎么办才好。尽管我在少女漫画里看过一些男人伏在女人身上的画面，但对性爱究竟是怎么回事，仍然没有多少概念，只在心里模模糊糊升起一串问号，认为不顾女友的意愿，一味索要肉体之欢的男友未免太过自私。他真的珍惜与自己同年级的女友吗？我不记得自己当时对朋友的烦恼给出过什么确切的建议。尽管朋友对我的青春痘问题，倒是给了不少解决的好点子。

彼时的我们，尚且不知道"性同意"这个词。
甚至连"交往"二字意味着什么，也懵懵懂懂。
还以为只是放学后结伴回家这种程度而已。

初次向男生告白时十二岁，还背着箱式双肩书包的我，在日本刑法上，尚未达到足以做出性同意的法定年龄。当时，假若有谁企图与我发生性关系，则属于犯罪行为。

然而，十三岁的我，虽已告别了背双肩书包的年纪，依旧会在脑子里懵懵懂懂描绘着与男生交往的情景，以为交往不过是放学结伴回家的关系而已，但在日本刑法上，却已被视为"具备性同意能力"的年龄！这意味着：
能够理解性行为的含义。
拥有对性行为表达自身意愿的能力。
能够承担性行为的结果，即负起怀孕的责任。
十三岁！

在我撰写本文的当下，日本人的法定结婚年龄为女性十六岁，男性十八岁。从二〇二二年四月起，伴随法定成人年龄的下调，法定结婚年龄将上调至"男女皆为年满十八岁"。尽管比起之前，女性的法定结婚年龄提高了两岁，但性同意的年龄丝毫未做调整。

事实上，这代表女孩十三岁就能做母亲了，但直到十八岁才能够结婚。

义务教育的年龄，截止到初中毕业的十六岁，而女孩十三岁就可以当母亲。性行为到底意味着什么，学校里从来没有教过这些，女孩却必须做到无师自通，即使对之毫无概念，万一在谁的要求下稀里糊涂发生了性关系，也不受刑法的保护，因为"法律上已具备性同意的能力"。

面对这种状况，有识之士难以坐视不理，发出了提高女性性同意年龄的呼声。我也以此为主题，制作了一个短视频。

在日本，男女双方发生性关系时，是否征得过女方的同意，至今仍未作为判案的重要条件，被纳入刑法。性暴力之所以得到法律的纵容，只因作为裁决条件，要求受害方必须拿出证据，来证明自己遭受了显著的胁迫，以及程度剧烈的暴行。

这样的现况下，某次，在以"推进刑法改革"为主题的在野党聚会中，一名男性众议员抱怨道，假如年近五十岁的他与十四岁的女孩发生了性关系，在征得女孩同意的情况下，却依然被逮捕的话，"也未免太奇怪了"。此事一时间成了各大媒体争相报道的焦点（事后该男议员辩称，报道中的发言内容存在误解）。

二〇二〇年。距离 #MeToo 运动在全球范围内掀起巨大冲击波，多国纷纷着手对法律的相关条款进行修改升级，已经过去了三年整。议员的荒唐发言，将一直隐藏在台面之下的事实暴露在舆论视野：性教育不该仅仅限定在学校里，针对儿童进行普及，而更该在国会中大力普及。

日本明治时代的民法，将妻子定性为"无行为责任能力"的人。女性在出嫁之前是父亲的财产，出嫁后则被视为丈夫的所有物。刑法对强奸罪仅处以两年以上有期徒刑，而丈夫对妻子的婚内强奸，则并不构成强奸罪。这样的司法解释在当时占据主流。

身为女儿、女性，若要维护对自己身体的决定权，根本无法指望这样的法律或司法解释，能为自己伸张权益。在今天的日本，女性早已获得了参政权，东京已举办过两届奥林匹克运动会，而法定性同意的年龄，却在这一百一十多年里，从未变更。

翻阅着十三岁的日记，在稍嫌苦涩的失恋故事之后，一幅手绘插图映入眼帘：一只耳朵为胡萝卜形状，龇着门牙，咧嘴大笑的兔子。旁边附注："给兔子插画大赛投稿！"十三岁那年，我不是什么"母亲"，只是个刚刚升入初中，乘坐电车时已被要求购买成人票，而内心却慌乱不已的"孩子"。确凿无疑。

十三岁。

2021.12.27

摊尸式

练习瑜伽的时候,我最钟爱的一种体式,名叫"大休息法",又称"摊尸式"(Shavasana)。

不必太超出自己的能力极限,微微地,以自己能够承受的程度,恰到好处地给身体施加一点压力,完成全套瑜伽动作后,便到了"摊尸"的时间。此时,你需要从头到脚卸去身体的力气,彻底放松,直到身体仿佛融进了地板。

这种片刻从身体解放出来的感觉,是我最中意的。

尤其在反复完成了各种体式之后,原本紧紧捏住鼻腔的某样东西,"倏"地脱落了,呼吸也一下子变得通畅起来。

试着将身体暂时寄托给地板,令自己全然融化,如同将回归泥土。

卸力,是关键词。

我猜,首次记者见面会后,自己有阵子曾沉迷于慢跑运动,某种程度来说,大概是希望把自己累到虚脱,从而释放紧张到僵硬、锁死的身体。

醉拳也是一门讲究"卸力"的功夫吧。或许,太过用力反而无法灵活地出招。因为,身体努力过头了。

Be water, my friend.

所以,不如化为一汪清水吧,我的朋友。

2021.12.30

分手

和他分手,是在去年岁末,我们即将开启同居生活的五天前。

我联系了近几年来一直委托的、价格便宜的搬家公司,以及对不擅长打包行李的我,总能出手相救的几位发小。敲定了当日的集合时间后,我便向着新生活,开始行动了。

"搬到一起住之前,有个问题得先弄明白。"

房租与餐费,是对半均摊呢,还是设立一个共用账户?尚有不少细节,需要逐个捋清楚。我这人对计算,以及与数字打交道的事一向不太拿手,所以打算告诉他,把规则尽量定得简单些。

谁知,他慢条斯理、字斟句酌地开了腔。

一段话绕来绕去,兜了好几个圈子,可他究竟在说什么,起初的我并没怎么听懂。

"诗织身上曾经发生的事,以及面对媒体、公众说的那些话,有没有遭受过什么人的胁迫?"

这不是在谈钱的问题。

"就算那些都不是事实,我也依旧爱你的每一面,所以希望你能诚实地回答我。"

他话里的意图，徐徐浮现。

时值十一月末，我所提讼的第二起名誉损害赔偿案刚刚一审宣判的那天夜晚。我与他置身一间意大利餐馆，这里可以喝到我最爱的红酒。

我回问了几个问题，尝试弄清楚他真正想了解什么。果然，他想知道：诗织有没有编造自己的性侵受害经历？他在网上浏览到太多这样的风言风语，因此希望从我嘴里听听真相。弄明白他的话中之意后，刚灌下一杯红酒的我，瞬间便觉得天旋地转，头晕起来。绝对不是这杯美酒在作祟。

"原来如此。你在网上看评论了吧？那些人具体怎么说的？"

我胸口发堵，一阵窒息，只能以问代答。

他指的是雅虎网新闻告知裁判结果的栏目里那些公众留言。

至于具体看到了什么，那些人是如何表述的，不知是顾虑我的感受还是怎样，他没有告诉我。平时我会极力控制，不去看任何与自己有关的新闻，所以不清楚留言区里实际都写了些什么，但大致能想象雅虎时事论坛里会有怎样的论调。

"我去下洗手间。"说完这句话，我便冲到洗手间关上门，用力做着深呼吸，拨通了朋友的电话。眼泪一下挣脱眼眶涌了出来。隔着手机，静静听着对面朋友震惊的反应，有人与我感受相同，这给了我些许安慰。为什么？我有一肚子疑问。扯点卫生纸，擦了擦额头与两颊，擤擤鼻涕，待脸上的泛红逐渐褪去，我回到了座位。

几年来，将我的性暴力受害体验污蔑为"枕营业"的网络漫画，与各种诛心的中伤之词漫天齐飞，使对我的污名化持续扩散。好容易告一段落，得以和那样的日子切割清楚了——几小时前，我还在庆幸。

无论诉讼的结果是胜是败，就连我心底角落里的每一根神经，都疲累至极。

或许因为紧张与压力，导致呼吸过浅吧，开庭前后的日子里，我总感觉浑身发僵，关节锈死。今天也一样，脖子沉到连转头都费劲。本打算饭后顺道拐去做个泰式古法按摩寻求释放，好似古时候受尽凌辱的妇女离家出逃投奔寺庙，所以才特意选了这家邻近按摩店的餐馆。

唯独在这个日子里，我不愿去听网上的风言风语，不愿回顾当天法庭宣判的任何经过。从法律角度来说，我或许打赢了那些网络上的诽谤言论。然而从内心角度，岂止是生锈、僵硬，我早已干涸、枯槁、支离破碎。

那些放出笼子、没有了约束的流言蜚语，顷刻间，便会铺天盖地地散播。

此时，坐在我面前的爱人，居然被谣言蛊惑，对我心生怀疑，甚至不惜拿出行动，直接向我发出质问，可见他真正听信了网上那些不实之词。

用他的话说：

"诗织不是教过我嘛，有什么困惑和心结，应当马上问出来，不要憋着。"

他这人也有温柔的一面。

开庭前后的日子，一旦我病倒，他总会在床畔细心照看。时常为我考虑，该添点什么、做点什么，才能让我安心。

然而，眼前的他，却在怀疑我，看似能够理解我，实际从未理解过我。

他是我交往的第一个在日本出生、在日本长大的日本男人。

仔细回想，我初尝恋爱滋味是在海外，因此只交往过拥有异国生活经验，或在完全不同于日本的世界里出生和成长的男性。

我与他，是从沟通方式开始一步步摸索着相处的。

在表达自己的心情、想法这方面，他会花费较长的时间。

当天，从"我有话想问你"，到挑明"想听诗织亲口道出真相"，足足磨叽了三十分钟，这对他来说，已经属于"新干线速度"。刚交往那阵子，他会兜好几个小时的圈子，始终切不到正题，听得人一头雾水，以致急性子的我，彻底耗尽耐心，忍不住把话说破："人生苦短，我这人是话不投机，立即拔脚往前走的类型，恐怕没工夫沉住气，听你慢慢组织语言。世上或许存在愿意摸索你话中真意的人，但那人不会是我。"

也许是太过疲累，也许是打击来得太过突然，当天，为了理解他话里的意思，我一直未开口打断，沉住气听他的说法。

抑或，是我们双方都成长了不少的缘故吧。

"我想听诗织亲口告诉我真相。"

他如此要求。

关于当年那起事件,叙述它需要损耗太多太多能量。

"这个,或许你也知道,关于事件的详细经过,我全部写进一本名叫《黑箱》的书里,已经出版了。如今再去重述当时的受害过程,对我来说太过痛苦,希望你自己把书找来读读。"

"我没勇气读。想听诗织亲口讲给我。"

从前菜到主菜,套餐里的菜全部吃完后,我又点了盘意面。黄油黑松露口味。我需要高卡路里的食物。

而后,取消了按摩的预约,我重新整理好心情,选择面对他:今天多攒点卡路里,索性能聊到哪儿算哪儿,彻底谈个清楚吧。

"假设,对方代表了现在执政党的势力,那么诗织就属于反对方。"

"诗织会不会被人当作政治宣传的工具给利用了?"

曾在哪里听过的阴谋论调,重新被他搬了出来。

"反对方?具体指哪些人?"我试探地问。

"在二战原慰安妇问题上,支持讨伐政府的那拨人。"

我努力试图系起的"共识纽带",啪的一声,彻底断掉了。

不管有什么意见,不管花多少时间,都要平心静气听对方解释——特意学习掌握的相处之道,积蓄的卡路里,在这一刻,统统失去了效用。

"You know what, I've tried everyting to make this society better by telling my pain and experiences, which I wish I never had to share with the world. And you know the consequence. I have no time to educate you, so you take your own action and do some research."

（你知道吗？我立志要让这个社会变得更好，因此才把自己不愿对世上任何人讲述的痛苦体验和盘托出，尽最大所能，做了我可以做到的一切。结果如何，你也看到了。我没时间给你上课，教导你怎样了解我。你不妨自己拿出点行动，好好做点查询功课。）

我的耐心已经到了极限，不愿再用日语和颜悦色坦白自己。仗着对方能听懂英文，便撂下这番话，起身结账离开。

他好歹也从事过教育工作，但对历史认知的狭隘程度，居然到了令人震惊的地步。以往我与他怎么从来没聊聊关于历史话题呢，我怎么忽略了这么重要的事实呢？

刚招手拦了辆出租车，随后追来的他，便挤了进来。
"等一等！诗织，你是我人生中最爱的人。"
他再三重复着"等一等"。那我便姑且等等看。不过，究竟在等什么，我也不清楚，只是意识到，将来恐怕很难与这个人牵手共度一生。

我向他重述了事件的来龙去脉：当晚为何赴约与对方用餐，喝了些什么酒，因疼痛醒来时眼前见到的光景，以及自那后，自己承受的漫天谣言和谩骂等，过往的历历与种种。

不知是重提往事过于痛苦，还是应付诉讼过于磨耗心力，抑或与他分手太过伤怀……总之，网络上的诽谤言论，超乎想象地影响了我身边的许多人。也许，他只是将我一直以来不愿正视的残酷事实，硬生生地摆在了我的面前，逼迫我认清它。这一刻该有什么感受呢？我不清楚。但眼泪汹涌而出。同时觉得眼前的一切，都如此荒谬。

"今晚我去朋友那里睡。"抛下这句话，我便下了出租车。

没有必要，再继续"等一等"了；没有必要，花费数小时来倾听，去体察那些未说出口的想法与感受了；没有必要，鼓励对方别太介意周遭的风言风语了；没有必要，品尝他亲手做的美味到令人惊奇的味噌汤了；没有必要，再去模仿他抑扬顿挫的关西腔了。再也没有什么必要了吧。

2022.1.9

十四天

I tried to be strong

To speak out

Scars

Broken soul

Shattered heart

Everything else

No painkiller to make it better

It was murder of the soul

They say that time can heal

That's a lie

Truth is my only support

为了发出呼喊,我尝试强大自己。
喊出:伤痕、损毁的灵魂、支离破碎的心,
以及,除此外的一切。
何必再服什么镇静药呢,
这是一场灵魂的杀戮。
有人说,伤口会随时间流逝而复原。

这是谎言。

唯有真实,是我的应援。

2017.6.25

所谓"回到从前",是不存在的,人只能一路向前。至于"超越痛苦",亦是不存在的,人只能与伤痛长期共处。心中愤愤然:"这下总该痛够了吧?"但生命,并不存在"够了"那一天。只能自己宽慰自己,欺骗自己。该回到何处去,又该在哪里站住?向左走,向右走?我没有答案。即便是只能每天一小步,也能缓缓向前。

2018.7.24

二〇一七年五月,当我首次举办记者会,开始面向公众披露自己遭遇性侵的事实时,曾刻意避免以一个真正需要关照的、性暴力受害者的面目示人,生怕被自己的感受牵着鼻子走。身为一名新闻记者,我尽力尝试着用一种公平客观的口吻,来陈述自己的遭遇。然而,那些未能发出的呼喊:"救救我!"悉数被我宣泄在了日记里。

世上不存在任何一种药物,足以平息这种痛,缓解这份苦。周围的人每每劝解,"时间会解决一切","随着时间流逝,痛苦将逐渐平复",听得我不胜其烦。

他们口中的"时间流逝",究竟意味着多久?等我变成老太婆的那一天吗?那些二战中的"慰安妇"婆婆曾说:"死亡一日不至,痛苦便一日不止。"衷心祈愿如今已奔赴天国的她们,能够彻底从痛苦中解脱。

自从接受高等法院宣判,已经两周过去。延续一审的裁决,认定"被告山口敬之,未经受害人允许,强行与其发生性行为,判罚赔偿受害人三百三十二万日元"。而山口方则反诉我对其构成了名誉损害[1],亦得到了法庭的认定,判定我需要向其支付五十五万日元赔偿。

此刻,我终于得闲坐在咖啡馆的吧台前,动笔写这篇稿子。十四天来,我连日四处奔波,投入电影制作,参加递交上诉手续等与庭审相关的会议,兴许是忙昏头了吧。不,不如说,这是一种心绪游移、飘忽难定的感觉。也许,正是这段东奔西走、手忙脚乱的日子给了我些许缓冲的时间,此刻,我才总算能稳住神儿,与内心展开对话。

泡温泉、洗桑拿、吃火锅和爆辣的韩国辛拉面、玩猫爪的小肉垫、晚间与最喜爱的朋友们小酌、户外健走、眺望大海、练习瑜伽、开车兜风、在午夜时分食用芝士汉堡、品天然发酵的葡萄酒、在寺院里抄经、侍弄绿植、给六角小恐龙(一种墨西哥蝾螈)喂食、说走就走的小小旅行、在刚洗晒好的床单中独自安睡……

将这些事物一一罗列出来,才发现这段日子我随心而动,

---

[1] 因在《黑箱》一书中伊藤诗织认为山口敬之曾在饭桌上使用过迷奸药物,此点无法获得证实。

给自己满满地来了场能量充值。不过，这次同以往一样，在充电仓储满之前，我大概也要多路线、多任务同时并行吧。千万不可疏于能量补给呢。

没错，要一点点、一步步，充分享受迂回绕远的乐趣。等某天能以一种温柔的心境，去翻阅从前的日记时，大概，便能找到"时间流逝"的证据吧。

2022.2.8

防控隔离与饮酒

二〇二二年一月,在等待最高法院的民事诉讼判决期间,我为了回日本,乘坐了一次飞机。受到疫情的影响,时隔两年,我才好容易获得去海外出差的机会。而特意为了候审回日本,已经不知是第几次了。

每次把目光投向机内的迷你显示屏,就会看到航程动态图上的小飞机图标,正一点点向日本靠近。而我的心情,也随之开始麻木。我想探究内心真正的感受,却什么也感受不到。接连挑选了四部煽情的电影来看,观影结束后,又拿起不太有兴致的一本书漫不经心地翻阅,总算迷迷糊糊、稍微有点睡意时,飞机却着陆了。本次航程,几乎又是一眼未合。

到达羽田机场后,刚一下飞机,便立刻感受到周遭流动着凝重的空气,安静、清冽、且肃杀。相比之下,美国的机场里往往弥漫着一股类似口香糖的甜味,那种自由自在的氛围,让人感觉似乎可以去往任何地方。伦敦的机场,则到处窗明几净,擦拭得闪闪发亮,空气中必定有一丝慌乱匆忙的成分,刚迈出通关闸口的瞬间,意式咖啡的浓香、接机人群热烈的气息便扑面而来,以致孤身下机的旅客,不免会有一丝落寞。然而,回到日本,我对这些气味、情绪,统统是无感的。或许单纯由于我的感受系统,在踏上国土的瞬间,便切换到了"日本模式"吧。

这次抵境，需要接受为期两周的疫情防控隔离。头一周为酒店隔离。出于个人史上某些特殊经历所导致的主观感受，我希望隔离点能尽量避开某间酒店。谁知，负责导引的工作人员并不回答任何我对隔离点的询问。我仿佛加入了一个神秘旅行团，被茫然带领着，到达了目的地——那间我最不愿入住的酒店。

一日三餐的盒饭，会准时挂在门把上。酒店内广播一响，大家便迅速戴上口罩，伸手去门把上拿吃的，同时发放的饮用水，是酒店自产自销的瓶装水，瓶身上贴着酒店社长的头像（头戴花里胡哨的帽子）。一只只喝光水的空瓶子排列成行，社长的脸也随之站成了一队。

突然馋起了热辣辣的拉面与啤酒，我打开"优食"订餐APP，点了份蒙古汤面，外加几罐啤酒。没一会儿工夫，房间的电话响了。拿起听筒，是工作人员通知我，目前处于隔离状态，禁止一切酒精饮品，所以刚才点的啤酒将被酒店进行丢弃处理。我慌忙恳求，请他们不要扔掉。对方冲我撂下一句不成为说明的说明："这是人人必须遵守的规定。"正当我满心费解，感到难以接受时，一碗冷掉的蒙古拉面送到了房间。一看之下，貌似拉面也被谁检视过了。

昏昏欲睡的同时，我也寻思着，或许倒是个机会，偶尔让肝脏休息休息。但话说回来，连解释都不带好好解释，搬出"规定""禁止"之类的套话来压人，如此被强制服从的感觉，终归有些窒息。这让我再次体验到，小时候在学校里所领教的"没道理可讲"的屈辱。

翌日，关于"禁止酒精饮品"的这条规定，我打算再听听负责人的说法，便试着拨通了电话。

电话另一侧的男性告诉我，这是厚生劳动省制定的防疫规则，具体情况，他自己也不太了解。于是，我又把电话打到厚生省的对外咨询窗口，却始终无人接听。又一次，我拿起镜子前酒店座机的听筒，拨通了酒店内部的对接窗口，这回，电话被转给了另外一位负责人。

对方的解释是，假如隔离者的核酸检测结果出现阳性，酒精饮品则会对其健康造成恶劣的影响。但我一周之内刚接受过三次核酸检测，每次结果都是阴性。当然，一般来说，酒精的确会对身体健康造成影响，负面影响肯定多于正面作用。不过，十四天的隔离"要求"，说到底无非是政府方面的"要求"，这是整件事的前提。按道理来说，强行剥夺公民的行动自由，属于违反宪法的操作，但大家好歹也都给予了配合。

此外，不管是什么国籍，所有人入境日本之际，皆须向检疫部门提交一份誓约书，承诺防控隔离期间，不得利用公共交通工具，保持自觉居家，随时保存、提交自身位置信息，下载安装确认是否出现密接情况的手机 APP 等。据厚生劳动省官网公示：如若有谁拒不服从隔离措施，违反了誓约书中规定的事项，将有可能被政府指名通报。换句话说，在新冠防控中对违规者最严厉的制裁手段，就是通过公开其姓名身份，使其承受违背誓约的"羞耻"。简直如同欧洲中世纪的"猎巫行动"。

隔着电话与负责人持续沟通,谁知对方话锋一转,又跳到了礼仪与道德主题上:"客人喝酒后,如果耍起酒疯,在酒店里闹事的话,会使管理工作十分棘手。"

我并不罢休,坚持交涉下去。突然,对方松口道:"明白了。这事我来负责,给您把酒送过去。总之,请您务必不要制造问题。"

在我们周遭,充斥着太多制定理由不详,且不予任何解释的规则与禁止事项。像今天这样直接与执行者交涉,对双方来说都是颇为消耗精力的行为。况且具体到我的例子,为了喝酒这点小事,不惜郑重其事与对方据理力争,未免略显尴尬,但我终究无法忽视自己的内心诉求,即"不愿当局能够轻易设定各种不必要的规条与禁令"。

其实,日本也有不少明明无处不在,却一直被大家忽视的规则。

这个国家最大的规则框架,当属日本宪法。其中是这样进行约束的:

> 第十一条:国民享有所有基本人权,且不得受到任何妨害。本宪法保障,国民的基本人权,作为不可侵犯的永久性权利,现在及将来皆须赋予国民。
>
> 第十三条:全体国民皆作为独立个体而受到尊重。对于谋求生命、自由及幸福的国民权利,只要不违反公共福祉及利益,在立法及其他国政上都必须予以最

大程度的尊重。

  第十四条：全体国民在法律面前一律平等。在政治、经济或任何社会关系中，皆不得以某国民的人种、信仰、性别、社会身份或家世门第不同而进行差别的对待。

  二〇二一年九月，东京出入境管理局针对当时收容的两名斯里兰卡男性，在进行其"难民身份不予认定"的裁定之后，甚至未曾给予二人提出上诉的机会与时间，便将二者强制性遣送回国了。关于此案，东京地方法院最终对出入境管理局做出了违宪判决。在日本，外国人即使丧失了在留资格，也依然适用于宪法所规定的权利保障范围。在我看来，本次判决包含了一个看似不足为虑，实则至关重要的讯息，即："他者"的人权倘若得不到保护，国民的人权同样岌岌可危。

  整整一周里，我时常躺在床上，双脚啪嗒啪嗒上下拍打，借此来消解运动不足所带来的不适。接连好几天吃着凉冰冰的盒饭对于略具多动倾向的我来说，简直是几近抓狂的体验。不过，最令我匪夷所思的感觉，出现在酒店隔离结束，即将转为居家隔离的时刻。对于可以在外面的世界同其他人一样自由行动，我居然有了几分无所适从的踟蹰。在他人面前自己该如何调整谈吐举止？对此，我心里有些没底。可见限制人身自由，对一个人的冲击与改造，远远超出了我认知的程度。

  然而，我脑海中浮现出几张面孔。自己的这份体验，和被收容在出入境管理局下设机构当中，不知何时才能重获自由的那些人比起来，根本不算什么。他们的人权遭到无视，人身自由遭到剥夺，连具体的理由都无从知晓，便被关押在某个地方，被强迫着过一种不见天日的生活。

即使被勒令"滚回去"，亦无处可回。作为一种"政治作秀"，当局会给渴望申请难民身份的人，发放一些申请资料。然而，真正能获得"难民认定"的申请者，连百分之一都不到。

千万别忘了，先于国家而存在的，是人，是民。

身为公民，应当时常彼此提醒，这个国家有一些律条，并未得到充分的利用和执行；同时，对那些随随便便制定出来的所谓规定，我们也当时刻保持敏感与警醒。

如果认为"它们对自己当下的生活不构成威胁"，那么不远的未来，恐怕将悔之晚矣。

因此，我会把这场关于性侵的民事诉讼进行到底。对现今的日本法律，究竟能应用到何种程度，我要尝试着一探根底。

2022.2.14

六角恐龙

早晨,在某隔离酒店中醒来(确切说,由于倒时差的缘故,时间早已过午),我后半夜买下的小六角恐龙,已在当日送达了。

为了听取高级法院的判决,我暂且将在葡萄牙的纪录片剪辑工作告一段落,回到日本。现在,在酒店的隔离生活只剩一天就要结束。

本打算买点拍摄工作所需的观叶植物,我在睡前刷起了手机购物平台,发现只需再凑单一千日元商品,即可享受免运费服务,心想索性多下单两样必需品好了,缩在被窝里,在各网店橱窗东瞧西逛时,忽见购物车里竟然有只售价为一千四百四十日元的小六角恐龙!

确实,我早就对小六角恐龙倾心已久。反省了一下,肯定是哪天昏昏欲睡时,稀里糊涂把一只活物点了加购。不过,同时我内心也有几分雀跃。

这大概是我上小学时候的事情。

热爱小动物的我,梦想拥有一只能与我朝夕相处的宠物伙伴。

然而,对饲养宠物这件事并不积极的父母,无论我再三商量、恳求,所能接受的生物,也就只能到金鱼了。我对陆生类动物怀有极大的好奇，曾把捉到的螳螂放在粉色藤编小篮子里，每天带着一起上学。依稀记得那只小小篮筐，是白色情人节时用来盛放糖果的包装，本身没有盖子。我总拿一张纸巾搭在上面，充作盖子的同时，兼给螳螂当被子。上课的时候，我就把螳螂藏在桌斗里，好几次，它都险些被课本或笔记压成肉泥。放学后，就拼命逮蚂蚱，给螳螂当食饵。

正如前面章节所述，在我坚持不懈的沟通下，母亲表示不愿饲养那些爱掉毛的动物。于是，我决定先从无毛的动物入手，我设法先找一只堂姐也养过的可爱的小六角恐龙，便动身向宠物店进发了。谁知，在那里我被一只绿鬣蜥慑住了心魂，最终，成功为我家迎来了这只小蜥蜴，取名为米奇。

在那之后，母亲慢慢习惯了小动物的存在。通过交涉，我心心念念的哺乳类动物小兔子 Happy 也进了家门。待母亲一步步适应了兔子，接下来，先前作为收容犬的玛丽又成了伊藤家的一分子。每日母亲下班回到家，总会整晚把玛丽抱在膝头。

三厘米长的小六角恐龙，在一月的严寒之日里，和暖宝宝一起，被装进充有空气和水的塑料袋中，配送到了我的手上。

这只六角恐龙宝宝，明明天天和我待在一起，可每到早晨去瞧它，都感觉它似乎又长长了一截，成长的速度简直惊人。从外面回到家，我把新买的大件圆花瓶给它充作了水槽。据水族用品店的小哥说，这个尺寸的玻璃缸，大小已足够它使用。可我仍不放心，上网做起了功课。据说六角恐龙半年就可以长大到二十厘米，最终甚至能长到二十五厘米左右。估计用不了几个月，就得从目前这个圆花瓶中再次给它搬家。

六角恐龙这个名字，是它在日本通用的昵称，其学名为墨西哥钝口螈（*Ambystoma Mexicanum*），又称墨西哥沙罗曼蛇，应该是山椒鱼（亦称娃娃鱼）同科目的伙伴。我重新确认了一下饲养方式，发现网页中写道：不可与其他鱼类放在同一容器内混养。理由是，六角恐龙的脸部两侧生着柔软摇曳的珊瑚色触角状鳃，会被其他鱼类误当成小虫吃掉。其他品种的山椒鱼，在其成长过程中探出体外的软鳃会慢慢收缩回去，与之相比，六角恐龙即使长大成年，也依旧会保持幼时的原貌。据说，科学上将这种生理现象，称为"幼态延续"（neoteny）。

六角恐龙粉白色的身体微微透明，可以看到它的内脏。世上竟有如此"vulnerable"的生物，实在令人叹奇。除此之外，它的进食技能也非常笨拙，虽然嘴巴"哇呜哇呜"拼命开合，食饵却纷纷掉落到缸底，即使把食饵完美地丢到它嘴边，成功吃到的概率，四五回里不过有那么一回。至于游泳的技能，同样靠不住。它是怎么在野生环境里生存下来的呢？真是神奇到不可思议的物种。不过，这种"vulnerable"的特质，同时也极其惹人爱怜。

"Vulnerable"这个词，很难在日语中找到完美匹配的译法。查了查辞典，上面的解释是："易受伤的""脆弱的"。但我认为，不是"脆弱"这个意思。"无防备""不设防"这类词语或许才最接近原意。想拥有"vulnerable"的品质，是需要勇气的。保持不设防的状态，意味着将自己的弱点，不加矫饰的面貌、姿态，毫无保留地和盘托出，呈现给周围。在大自然的生物界里，六角恐龙为何能以不设防的姿态生存下来？这种特质对它的生存会起到什么作用？我并无答案。

莫非是为了将其当作宠物饲养，人类对其进行了"品种改良"？我脑子里冒出这样一种傲慢的猜想。在东京都中目黑区附近，日常沿着目黑川散步的，大抵都是些毛茸茸的贵宾犬品种。为了繁育更具人气的可爱宠物狗，某些特定犬种经过人为的繁育，确实留下了更多的后代，这恐怕是不争的事实。

不过话说回来，实际上六角恐龙可以脱离"vulnerable"的状态，具备在险境中幸存下来的惊人能力。它们能够改变身体形态，以便适应陆地生活。一旦居住环境的水位变浅，它们的身体就会慢慢地变成黑色，手足成长得粗壮有力。水栖时，即使成年亦不会放弃的触角状鳃，会随着陆栖而消失。不过，这种外形变化，也会招致寿命缩短的后果。原本可以活到十年以上的它们，在身体的样态改变后，寿命将仅剩下三到五年！关于饲养六角恐龙的要点，许多科普网站都会建议：饲主必须多加注意，千万不可因饲养不当，导致它们改变形态。

作为陆栖生活的交换代价，不得不失去某些东西，感觉好似小美人鱼。并且，它们完成身体样态的改变之后，外表再也不见一丝纤弱、易受伤的迹象。表皮漆黑光亮，体格厚厚实实，沉甸甸挺有分量，莫名有种强悍的感觉。

换作是我，会如何抉择呢？摇曳的柔软触角，被其他鱼类吃掉，因此而呼吸困难，固然十分痛苦，但为了适应陆地生活，被迫做出削减寿命的决断，也同样悲惨。把工作心不在焉地丢在一旁的我，如此认真思考着六角恐龙的问题。而在此期间，高等法院的宣判之日，也切切实实地逼近了。

相比那些浑身装备齐全、姿态强硬，说话办事严丝合缝、无懈可击的人，我更希望做一个不设防的人，更愿意待在不设防的人身旁。不过，发起诉讼的我，又属于哪种类型呢？我想起样态变更之后，表皮漆黑光亮、四肢坚实牢靠的六角恐龙。在那种与人对抗的场合，无论如何都难以做到不设防。这，并非环境逼迫我做出的改变，而是我自主选择的样貌。同时，我眼里的世界也在不停随之改变。人如果能像六角恐龙，做到两种特质兼而有之，该多好啊！既有"vulnerable"的一面，又有不惧改变的那份坚强。

2022.2.16

怒

据《广辞苑》给出的定义，怒（怒る）意为：①因不愉快、感到不满而恼火，或将这样的情绪形诸言表，发火，气恼；②态度狂躁、大发雷霆的模样，闹脾气，动肝火；③剑拔弩张，气冲冲。

几年前，看过电影《怒》后，海报上那个血红而蘸满怒意写就的大字，仍鲜明地烙印在我眼底。由于事先不了解影片中包含性暴力内容，我看完相当后悔。而最终，只剩"怒"这个字，沉淀在我心里。为何汉字"怒"当中，会有个"女"字呢？

看完电影后，几乎是转眼间，日本便改换了年号。当时感到的别扭不适，即便在令和四年的今天仍未消除。同样的疑问依旧盘桓在我心头。在这篇文章里，我想尝试着与这个字来次正面对峙。在网上查了查"怒"字的语源：

网页①：表意兼形声字（奴＋心）。前者为两手温驯地交握，呈现跪姿的女性形象，表示竭力服务于主人的女奴隶，而象形字"心"，则意味着全力投入于情感。由此，表达"发火""气恼"之意的汉字"怒"，方才得以成立。

网页②："怒"，由"女＋又＋心"三个汉字构成。其中"又"在古代象征着"手"。而三字组合后的含义，指被绑起双手的女子的心情，那便是"怒"。在性骚扰问题引发世间广泛热议的今天，汉字"怒"将大众，尤其是女性的愤怒，表达得淋漓尽致。这个字，如实呈现了三千年前女性对性骚扰的怨愤。

岂止是"女"，更是"女奴隶"。啊……原来"奴"这个汉字当中，也包含了"女"字。"奴"表示"竭力服务于主人的女奴隶"，下面如果再加个"力"字，就变成了"努"。对这个字，我也从儿时起就心生厌恶。

"再努力一些啊！""你努力得还不够呀！"

每次被这样说教，就仿佛对方是在指责我的怠惰。很想给他们解释：不管再怎么努力，事情能不能做好，终究是自身能力的问题。可这些人仍会强调："只要努力就够了。"

我暗下决心，只要"努"这个字当中，仍包含"女奴"的成分，只要它依然意味着"勉力地、咬牙忍耐地去做"，那么，我就坚决抵制"努力……"这种表达。

另一方面，我想把它替换成英文的"effort"。这个词在译成日文时，多数情况下会被译为"努力"。但剑桥词典里，对该词条的解释是：

effort（名词）：为达成某种目标，所必需的身体或精神活动。

还是这个词的词意没有强制感。我决定今后以片假名的方式，多多使用"effort"这个方便的词。

这么说来，我和朋友加奈近来常会用"不费力的……"来赞美别人。例如：不费力的美＝一种无为的、松弛的美感等等。

三十岁、四十岁，随着彼此岁月的堆叠，如今，和二十来岁时相比，对自己的容貌，确实更少去着意修饰了。不过，为了形象光鲜得体，我们并未彻底放弃"effort"，只是更满足于一种"不费力"的状态了。作为携手翻山越岭、跨过种种坎坷的女性伙伴，"不费力"是我们能够笑着彼此鼓励的词语。

若是逐一追究每个包含"女"字的汉字，一定没完没了、无穷无尽。如果可以穿越到汉字发明的年代，大声抗议："我有意见！"那倒还好，可惜，我们并不拥有时间旅行的能力。况且，就算成功回到古代，想把一个就连令和时代都无法百分之百让大众理解的问题，与古时候的人们沟通清楚，恐怕也有不小的难度。

更何况，正是由于从过去起，无数女性的"异见时刻"逐年逐月积累至今，汇成了这样一部女性反抗史，才会有今日这般从容走笔、侃侃而谈的我。

我希望拿出更多勇气，与"怒"这个字正面对峙。

"当时，你拒绝得干吗不再强硬点呢？"

向警方报案，陈述了受害过程后，我把遭受性侵的事实也告知了父母。当时父亲的一张脸涨得通红，怒气冲冲、口沫横飞地责问我。

"你应该哭得更大声点，用力宣泄你的愤怒，否则对方领会不了你的意思！既然是受害者，就该拿出点受害者该有的样子！"

同样的话，负责审理案件的警官也曾对我讲过。（参照中文版《黑箱》第3章，第7小节"没有用来愤怒的能量"）

"怒"，究竟意味着什么？他们口中所谓的"愤怒"，是要求我经由表面或身体去呈现的一种东西吗？用力嘶喊、叫嚷，将内心对对方的全部感受悉数坦露在外，这种让旁人一看便知的"愤怒"？

话虽如此，但感情是不受意志控制，自然流露的一种东西。

我猜人生中大概唯有此刻，要求我们"必须竭力发泄愤怒"。原本来说，多数人都希望尽量压制怒气，甚至还有个专门的心理学术语，叫作"愤怒管理"。通常社会上总在强调，愤怒是一种负面情绪，不该向他人宣泄，发怒是不体面的行为。然而，这次不一样，人人要求我"把怒气撒出来"。仿佛为了确认什么事实，他们责令我愤怒，或者，由于感受不到我的怒意，而代替我将"缺位"的愤怒爆发出来。

在撰写《黑箱》这本书的过程中，每次编辑过目后将稿件返给我时，一股怒意就会涌上我心头，使我不得不一遍遍执行"怒气清除程序"。再三再四重复着这样的清理作业，编辑也逐渐理解了我当初未能向加害者宣泄的愤怒。然而，当全书完稿之际，拿到审读后的校样，却见校对编辑用红笔赫然批注道："作者真的不生气？"

我的愤怒，在受害的当时，悉数指向了对性暴力姑息纵容的司法系统，以及对受害者提供社会援助制度的薄弱。大概在这些方面耗去了太多能量吧，对实施性侵的加害者本人，反倒再也拿不出一丝气力去宣泄愤怒了。更何况，管它是哪一种感情，我已不愿再与对方产生一丝一毫的心理联系。或许不知不觉间，自己掉转了怒意的矛头也未可知。

愤怒这件事，极度消耗心力。

数年前，一次偶然的机会，我走访了美国亚利桑那州。

因为难得出游，我们一行人在以景色壮美而著称的塞多纳城内徒步旅行。蓦然间，感到一股莫名的怒气汹涌袭来，连我自己也为之一惊。

干燥的空气与炽热难挡的阳光，将人重重围裹。我快步登上赤褐色的岩石，在即将到达峰顶的一刻，突如其来地，腹腔深处翻涌起一股热流，眼泪霎时挣脱了眼眶。泪水来势汹汹，不可断绝，与我一同登山的朋友为这突兀的一幕而目瞪口呆。我也禁不住愕然。原来，我在愤怒！

流泪，原来是出于怒意。曾经设置了密码锁，而被封禁在身体某处的熊熊怒火，长久以来一直靠密码保管着，我连密码是什么都不晓得，此时此刻，好似不小心被解开了密钥一般。

猝不及防倾巢而出的怒气，之前也不知保管在哪个文件夹里。该把它们放回何处？抑或执行删除操作，丢进垃圾桶里？连源文件本该在哪个目录下面，我都不清楚。束手无策中，我在岩石上坐了下来。

告诉朋友，"稍微给我点时间"，我便独自做起了深呼吸。

铺呈在眼前的美景，是砖红色的岩石与一片湛蓝的晴空，无远弗届，仿佛一直延伸至永远。广袤无垠的天幕，接纳着、吸收着我的怒火，可就连这份宽宏大量，也令我怒从中来！

很难清晰地形容那一刻的感受，怒火似乎是由腹腔更往下的位置，即私处位置窜出来的。记得从前修习印度瑜伽的时候，老师曾教过，该部位是能量出入的脉轮。我猜，怒气大概正来源于此处。

我方才醒觉，原来自己也曾愤怒过。
而这份怒意，缘于遭受了轻贱的对待。

为什么遭遇强暴的人是我？为什么？为什么？为什么？
我感到，对方的侵犯中包含着几分轻侮之意。
或许，因为我是女性。
或许，是心怀梦想、摩拳擦掌，准备投入新工作的年轻天真所招致。
或许，怪就怪我与对方是在"喝酒的那种地方"结识。
或许，我填满了打工经验的简历，使对方认为我是个家庭条件拮据，为了出国留学而经济困顿的姑娘。

但，我有名字。
有深爱的家人与朋友。
坚定不移地怀揣梦想一路走来，不愿被"天真""幼稚"之类的形容词简单粗暴地一语定性。

在始料未及的地点，流泪这一躯体反应冲了出来，使我醒悟到：愤怒一直存在于我体内。大概它们也懂得，在这样的美景中，即使冷不防地发作一下，也没什么关系吧。我对"怒"这个字，第一次感到了珍惜之意。
它证明，我还活着。

2022.2.28

裸泳

这些年来，我随兴所至罗列了不少"愿望清单"。把自己今生计划完成的梦想，以这种形式一一变成文字写在纸面上，回头哪天翻出来一看，会惊讶地发觉，某些心愿其实早已实现。至于"攀登某座高山——珠穆朗玛峰"的伟愿，目前从进度条来看，处于"尚未达成"的状态，可能距离实现目标还需花上一段时间。

实际上，我还有个小小的愿望，实行起来并未困难到需要写进清单的程度，且自己也不太明白内心的动机，尽管未曾特意把它记下来，却一直想要找机会实现。

那便是，在夜晚的海边来场裸泳。

去年，我依照清单，如愿住在了"能够望见大海的地方"，按理说有机会把"裸泳"的想法也顺便落实一下。不过，"回头再看已美梦成真"，这种好事并未发生。在湘南一带的海里裸泳，是会被警方点名通报的，所以我没有采取行动真是太好了。

不过，几个月前，这个愿望已终于实现！这恐怕当属二〇二一年度里，最令我铭刻于心的一份体验。

原定在夏威夷举办婚礼的一对情侣朋友，因受新冠疫情影响，放弃了订好的计划，决定把仪式改在九州的屋久岛上举行。两人多年来共同经营着一家美容院,听说自从工作以来,头一回休了一周之久的长假。作为已经交往十年的爱侣,五十岁才选择步入新婚殿堂,很难用确切的词汇去形容二人的气质,不知该说是笃定从容,还是圆满自足,总之有种洗去了一切矫饰的纯粹感。

婚礼的仪式并无烦琐的流程。在一段徐缓流逝的时间里,大家一同在屋久岛的山林中徒步漫游,新人中途进入一座帐篷更换礼服,既享受了一场远足,又完成了庆祝。置身青苔环抱的绿色光线下,耳边是山溪通透、清澈的水音,婚礼居然能以这样的形式呈现!呼吸着大自然的新鲜空气,同时恭祝朋友的婚礼,对我个人来说,也是前所未有的体验。

小说《浮云》中,林芙美子曾经写道,"一个月里,有三十五天在下雨"。屋久岛的降雨量正是如此夸张。但婚礼当日,我们从头到尾都没淋过一滴雨。

"去屋久岛瞻仰绳纹杉[1]",亦是我过去某张"遗愿清单"里的一项。这次,也可以趁机实现它了。其他的朋友或宾客,谁都没兴趣同行,我便独自默默上了路。被告知"得花十小时"的山间远行,大概是天气晴好的缘故,六小时半便结束了。

距离回程的巴士来,尚有一大段时间。见状,一对同样提早结束了行程,准备乘出租车下山的情侣招呼道:"一起坐车走吧。"托二人的福,我一直乘车到了山脚的大路边。"从

---
1 绳纹杉:日本屋久岛上的一株神木,从该岛荒川登山口步行,约四小时可达。据鉴定,该类树龄约在七千年以上,因最早生长于日本绳纹时代而得名。另有一说是,因树根形似绳纹土器而得名。

这里坐巴士回去应该没问题",我告诉情侣,向二人道谢后,走进视线所及的一家面包屋,在店内询问巴士站的地点。这次,一位来店里买午餐的男性表示,可以开车把我捎过去。上车后一聊,才得知此人要去执行"屋久岛濒危物种保护调查"的巡逻任务,我遂决定跟他一同过去瞧瞧。到了地点才发现,小径崎岖难行,根本没有正经道路,等待我的,是方才的"绳文杉之旅"无法匹敌的一场荒野跋涉。北海道出身的研究员,滔滔不绝地向我科普着各种新知:在地面筑巢,还给入口织上一顶伞盖的蜘蛛;形态奇异的菌菇;海洋中发现的新鱼类等。据说,屋久岛上三天两头就会有新物种出现,以至于专家们写论文的速度,根本追不上物种更新的频度,因此目前岛上的许多生物还没有得到命名……

朋友们左等右等不见我归来,担心地跑来接我。好像小时候,每当玩累了,就会看到母亲老远来找我,口中喊着"开饭了!"的场景,回忆起这些,竟莫名有点开心。

或许太久未曾运动了吧,又或许从未如此充分而尽兴地活动过身体,一场户外健行之后,浑身残留着几分畅快的疲惫感。当晚,众宾客一同去泡了海边的天然温泉。

户外没有更衣处,我便在车内脱去衣物,身上裹着浴巾,用手机照着亮,向温泉走去。晴朗的夜空,繁星点点,宛如一片峰峦起伏的星之沙漠。身体浸在温泉中,倘若望见流星滑落,我一定要即兴许个愿。

泡了会儿温泉,忽然,我动起了游泳的念头,起身向漆黑的大海走去。

高高低低、铺满碎石的海滩一片昏暗，压根看不清脚边。跌跌撞撞，接连绊了好几次脚，我坚持向前，感谢自己脚上幸好生着趾甲。双腿浸入海水的一刻，略为冰冷，又很舒服。我向下潜去，仿佛要将自己就此融入大海中。在水下，我试着睁开眼睛，当然什么也看不见。换作平时，我会寻找射入水底的阳光。但此刻，在漆黑的水底，连上下方向也难以分辨，感到的只有恐惧，似乎下一秒，就会被看不清模样的生物掳到深海中去。

我缓缓地浮向海面，发现正置身海浪温柔的摇篮中，方才的恐惧一扫而空。

星光万点的夜空，与映着星辉、波光粼粼的海面间，仿佛消失了界线。我只是一只浮游的生物，栖身天地间。受害者、新闻记者、女人、人类……一切附着在我身上的标签，仿佛悉数溶进了海水之中。

比起下决心"干吧！"来咬牙撸袖子地完成一件事，无意间毫不费力实现的心愿，好似给一幅未完成涂色的画，添上了一抹从未见过的色彩，有时更加令人快乐。

我想，只要事先不去做计划，就不会有未能遂意时的沮丧和失落。

裸着身体，浮在海水中，我感到，对人生中某些琐细的小事，似乎有了新的领悟。

2022.3.7

心爱的人

我此生收到的、最饱含爱意的一封"告白信",是今年情人节那天,朋友麻美写给我的。

我俩是那种宁可彼此都换掉男朋友,也要一起过情人节和生日的死党。

女子情谊,永远在线!

麻美与我,性格完全不同,所思所想却惊人地相似。某些心里话,我对其他任何人都不会讲,却总是向她倾诉。因为我知道,她绝对绝对不会随意评判我。

和我不同,麻美个性内敛含蓄,但内里有一根"芯",燃烧着熊熊似火的热情,比起露出地表的部分,内在的根须更是深深地向下探索,用力在泥土底层张开它的触角,是个令我由衷尊敬的女性。

我和麻美,是高中时代因为同一个海外留学项目去美国读书时结识的。她在俄亥俄州(抑或伊利诺伊州⋯⋯)我在堪萨斯州。没料到会被分到这种荒凉大农村的我们,竭尽全力生存了下来,毕业回国后,成了意气相投的"同志"。后来,我在纽约读新闻,麻美也会趁大学毕业旅行的两周时间里,跑来纽约找我玩。当我转学到佛罗伦萨时，她已是步入社会两年的上班族了，仍利用黄金周来到意大利，与我共同度过"惊奇满满"的五天三夜。

七年前，我出事后给麻美打电话，当时她正在购物中心逛街。据说，当时我用一种汇报近况的口吻，轻描淡写说："喂，我被强暴了。"

当案情调查陷入胶着、望不到前景时，我内心几近崩溃时，是麻美陪伴我，在下北泽一边吃着可丽饼，一边研究作战计划。当我为了向检察审查会递交复议申请，不得不将手头汇集的各种证据紧急进行一番整理时，是麻美代替我，把和警方、检察方打交道留下的、长达几十小时的录音资料，逐词逐句抄录成了文字。当时，我听到录音带里的对话，每每会像昏厥似的睡死过去。见状，不愿我经历二次伤害的麻美，一句一句听着音频资料，把内容悉数转成了文稿。

在记者会上真人出镜，并公开了真名实姓之后，我以"诗织小姐"这个身份，在公众场合露面发言的机会逐渐增多。

为我发起的民事诉讼提供后援的团队"打破黑箱"成立以后，麻美也加入了运营小组，一如既往地给予我支援。只要在法庭旁听席中看到她的身影，我的心就会踏实无比。了解内情的应援者们，有时甚至会把自己的旁听券让给麻美。（那些一大早就开始排队，却愿意把旁听券让出来的好心人，谢谢你们！）

我和她之间，几乎从未有过争吵。不过，一年前，麻美初次袒露出对我们之间的相处模式感到倦怠的想法。她斟酌着字句，缓缓道出了自己的心声：

"几年来，外界的人和事物，实在过多地介入了我们的关系。

"好想对你说：'诗织，请不要走远，回来吧。'

"我一直在扼杀自己的感受。想必诗织也是如此。表面看来，我们似乎无话不谈，但在更深的层面，我猜，很多话也许都压抑在心底，难于开口。"

性侵事件发生后的两年间，我和她无法围绕事件本身和调查的细节等展开讨论，不得不将许多感受封藏于心底，方能够面对彼此。而这些东西，却成了公众热议的话题，忽然间，我成为大众口中的"诗织小姐"，踏上了一段孤身的行程。而麻美的家人或朋友，不再从"麻美所认识的诗织"口中直接了解我，而是通过媒体渠道，听闻有关"诗织小姐"的各种流言。

至于我，也同麻美有着相似的感触。只是，已然迷途的我，该如何"归来"呢？我们投石问路，试着发出动静或声音，小心确认着彼此的存在，哪怕用一些起初意味不明的表达，也要缓缓道出曾经无法诉诸言语的心情。

在麻美口中，"正义感异常强烈，体力过人"的我，七年来全力奔跑，透支了自己。假如当时能安排几段"中场休息"，该有多好。不过，我似乎已沦为洄游的鱼，一旦停止游动，一种无法呼吸的恐惧感便会袭上心头，使我片刻也停不下来。换作如今，我可能会浮出水面，上来透个气。是麻美喊道："诗织，回来吧！"将我拉回了常轨。

当年我自杀未遂，麻美如此劝解："想来诗织必定是痛不欲生吧。但这个世界还有麻美啊，请为我再活一次吧！"如果是为了麻美，我不能不好好活着。

因为还有重要的人在，所以还能再加加油。没错，是麻美给了我活下去的意志。我被她救活了。

"情人节这天，有机会说说心里话，真好。因为我是诗织身边最亲近的人，总会错以为该表达的，都已表达过了。实际上，我发觉许多心情，从未曾好好讲出口。所以想试着告诉你：You are my valentine ❤（你是我心爱的人）。无论是属于全世界的诗织；还是醉酒后错把我当成男朋友，打电话来闹的诗织（笑）；或者担心害怕时，絮絮向我倾诉的诗织；大发雷霆的诗织；不停为他人忙碌，一刻也闲不下来的诗织……都是我心爱的你！

"今后的人生旅途中，无论诗织遇上多么优秀的伙伴，也都要一如既往地看着麻美哦！（笑）"

把话好好地用语言表达出来，至关重要。因为，它们皆会被珍藏于心。

2022.3.8

布艺拼贴

近来,"睡衣散步"已成为我每日的例行程序。正溜达时,收到了一条梨美发来的手机消息。

"今天由明美创立的对日人道救援慈善团体有举办活动哦。我本来盼望了好久,结果感染了新冠肺炎而去不成了。明美要是活着的话,我猜,一定会为活动开心吧。"

读完消息,我忽然想听听梨美的声音,没多考虑英国此刻是什么时间,便拨通了电话。

"梨美,好久没联系啦!谢谢你发来消息,我好开心!我也好想去参加活动啊!你身体还好吗?"

听梨美说,伦敦时间已近深夜十一点。

这天,我比平时多散会了一会儿步,眼看快八点了。我给自己规定,穿睡衣在户外活动的时间,不可超过早上八点,于是边打电话,边往家走。

梨美连续咳嗽发热,折腾了三天,好在目前症状已慢慢平复下来,听说睡前还用从日本买来的白色老棉布,做起了手工布艺。

伦敦自从暴发疫情以来,总共封城了三次。这期间,包括梨美在内,许多市民之间流行起了在家烤面包。谁手里如果有好的"面引子",也就是富含酵母菌的老面,就会悄悄放在要好的邻居家门口,彼此分享。人与人之间形成了多么奇妙的"酵母菌纽带"!

后来即使解除封控了,梨美和伴侣伊登也依然将手工烤制面包的习惯保持了下来。据说,在伊登切面包的时候,总是会不小心将用来盖面包的柔软白棉布割破。每次,梨美都会拿不同颜色的棉线,把口子重新缝起来。充满艺术美感且色彩缤纷的老棉布,光是想象一下,都觉得怪有趣的。

我已经两年多没去伦敦了,一直盼着赶紧回去。梨美的母亲,即我的英国妈妈——明美——家中,至今仍存放着我的物品。

不过,两年来,大家也发生了不少变化。梨美和伊登住到了一起,并迎来了一只小狗。明美也突然查出了癌症末期,被医生告知仅剩一年寿命。然而,从那之后还不到半年时间,她便永远地离开了人世。

现在,想回伦敦的话,我随时可以回去。但,即便我能消化明美的离去,恐怕也不愿回到那个再也没有明美的家吧。

"我害怕回伦敦。"

梨美与我同龄,但对我来说,感觉有点像姐姐。听到我任性的主张,她一如既往,用镇静的口吻,温柔地答复:

"准备好了的话,随时都可以回来,我在伦敦等你。"

害她为我操心,实在过意不去,我问:

"梨美你呢?最近感觉怎么样?"

她深吸了口气,告诉我自己几乎没什么悲伤的感觉。

"今天的慈善活动,参加者好像也都是明美生前的朋友。

大家接过了明美留下的事业,继续编织着明美未竟的心愿,一个个笑逐颜开,虽说有点不可思议,但真的一点悲伤之色都没有。"

距离明美离去,已经快一年了。去年此时,我曾和她约定,要在夏天过去探望她。哪知进入五月,她的病情却急转直下,梨美通知我,或许她只剩几天日子了。当时,我恨不能立刻启程奔去英国,遗憾的是,疫情期间一直闲置的护照竟然过期了。考虑到还有落地后的隔离,算了算,能见到她们母女的时间,估计要等到三周以后。重重受阻之下,我的心情格外郁闷。梨美告诉我,"目前明美的耳朵还能听得见,诗织,不如给她听听你的声音吧。"

听说明美移民英国前,曾住在日本叶山町的海边,当年是从那里出发,下定决心远赴海外的。于是,我在叶山町录了视频,给她发送过去。

明美在查出癌症,被告知时日不多后,反而愈发忙碌起来,商讨一直以来她倾注了大量心力的对日人道救援慈善团体该如何继承,以及其他有意援助的公益项目如何处理,甚至在线上开了好几次家庭会议,准备筹划一些行动,去帮助日本的女性。明美的生命时间,所剩有限。得知这一点的我,却始终无法消化这个事实。而这期间,明美却一如既往,从来只是积极向前看。这样乐观的姿态,太符合她一贯的作风,她甚至好几次劝导我要和她一样,勇敢往前走。

如今回想起来,当时的明美,似乎早已察觉自己的日子所剩无多,却摆出一副寻常面孔,比平日更加风风火火、忙东忙西，将手头的事情不停向前推进再推进。把精力与爱，毫无保留地奉献给他人，仿佛从不吝惜自己的生命。而我们，充分领受着她所给予的温暖照拂，何其有幸。

  回想着明美的音容笑貌，忽然，我动了回伦敦的心思。想待在梨美的身旁，拿起五颜六色的彩线，缝补那些撕破的老棉布。心里这样憧憬着，我对声音已泛起睡意的梨美道了晚安。

  我在东京，又迎来了新的一日。

  并没有死啊，那个人，
仍留在我的心里。
我更愿相信，可靠的记忆。

——长田弘《带着花束去见你》

2022.3.15

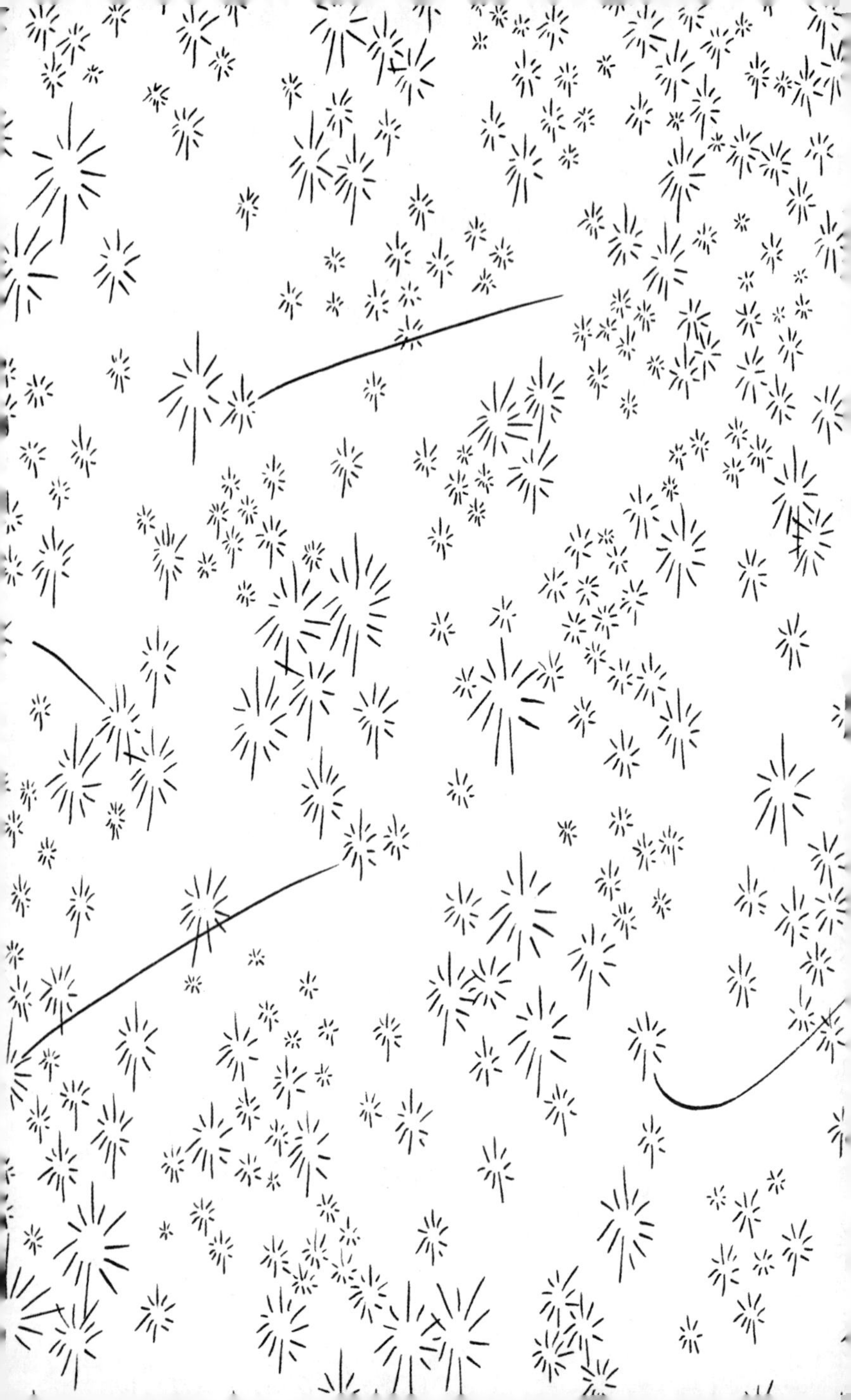

睡衣散步的建议

迄今为止,我曾有多次深夜无眠的经历。

梦,次次都印象鲜明,且极高的概率会因噩梦而魇住。如果把过去做过的噩梦逐一串联起来,我猜,肯定足够凑成一部超级恐怖的电影。若是哪天我不再拍纪录片,改拍剧情片,日记里保存的无数噩梦的叙述,没准可以拿来当作构思剧本的素材。

有时,必须保证一定时间的睡眠,我会靠服药的方式帮助入睡。

不过最近,自打开始睡衣散步以来,晚上就睡得好多了。

睡衣散步,不等于梦游症,是一种非常有益的生活习惯,我已向多名朋友推荐。也许大家对穿睡衣外出这种行为存在心理抵触吧,至今我还没听见有谁亲身付诸行动。

睡衣散步的目的,是为了多多沐浴清晨的阳光,做些深呼吸,活动一下身体,进行冥想练习,是一种相当提升内在觉察力的行为,希望大家不妨尝试尝试。

睡衣散步,是我擅自给它的命名。顾名思义,就是清早起床后,先灌一杯清水叫醒肠胃,而后在睡衣外面直接套件夹克衫,便出门随意走走。脸也不必洗。不过,假如是眼屎多到睁不开眼的程度，还是要洗一洗的。总之，重要的是，别做任何准备工作。心里明明想："要出发咯！"行为上却东摸摸、西弄弄，被各种琐事撑着屁股，等到万事就绪时，太阳已升得老高，早就晒不到什么"初升的朝阳"了。

所以不必太费心张罗，总之醒来后，立刻出去走起来！这才是睡衣散步的关键。

一向没常性的我，遇到需要毅力或刻苦的事，总是重复着三天打鱼、两天晒网的模式。但睡衣散步算不得什么苦修，不知不觉间，我已坚持了几个月。不仅晚间睡眠有了改善，早晨还能自然醒，七点钟准时开始吸收一日的新鲜空气，沐着朝阳，脑袋放空地四处溜达。

逢上雨天，空气中泛着凉意，我会在清晨僻静的公园里绕个大圈，有时也会拐进便利店买杯拿铁（比较了各家的咖啡口味后，我最中意全家撒了肉桂粉的特色拿铁）。当咖啡机卖力工作时，我便趁机浏览一下各家报纸的新闻标题，碰见哪条勾起了我的兴趣，就随意买几份来读。晒饱了太阳，给身体加满了氧气和血清素，头脑顿时变得敏锐又清晰，使我不禁惊奇：咦？原来我这人早上也会这么有干劲儿的吗？

过去，我一直坚信自己属于"夜型人"。实际呢，说不定只是日常惯性堆积、固化后的表现。

凡事不必用力过度、刻意而为，对我来说，或许这才是具有可持续性的"习惯养成途径"。

2022.3.15

投球的方式

为了签收包裹,我打开玄关的大门,对方问:"是诗织小姐吧?麻烦您在这里签名。"平时,快递员对我的称呼多数是"伊藤小姐",但今天不同。那一刻我猜,这个我压根不知姓甚名谁的陌生人,对我的情况没准却相当清楚。此人大约了解我过去的经历,以及我所采取的回应与行动。不,肯定了解。

在海外,需要自我介绍时,我通常会投直球,开门见山地说:"Hi, I am Shiori."(我叫诗织),必要时会说:"I'm a journalist."(我是一名记者)。但在日本,第一次接触时,我会尽量采用对方比较容易接受的方式,放低姿态,从下方抛球。

我讨厌这样的自己。因为,假如有谁这样对我,我会不太舒服。

《东京新闻》的记者望月衣塑子[1],在多数喜欢"从下方抛球"的日本记者中,是个毫不在意这套规则,快言快语,直

---

[1] 望月衣塑子(Mochizuki Isoko,1975—):日本新闻记者,隶属于中日新闻社旗下的《东京新闻》报,负责东京地方法院、东京高等法院的新闻采访与稿件发布。2017 年 5 月 29 日,因望月认为《东京新闻》内部对伊藤诗织举行记者见面会,披露性侵遭遇一事的重视度不够,于是亲自于 6 月 6 日与伊藤诗织进行了长达三小时的对谈。6 月 8 日,在官房长官菅义伟主持的记者会上,望月针对警视厅刑侦部长叫停山口敬之逮捕令一事犀利问责。
据伊藤诗织评价,当大多数媒体记者都与她断绝联系后,望月依旧坚持"这件事不该听听就算,应当不懈地追问它背后的本质""是个值得信赖的记者"。

球开场的人。

"警视厅的刑侦部长叫停了对山口敬之的逮捕?!这是怎么回事?"

总之就是想问就问,一记直球劈面而来。

怎么回事?我也想知道。希望有人给个解释。这本是你们这群跑法院社会新闻口的记者应当追究到底的事——我也即兴回了一记直球。

自从我针对性侵受害发声以后,关于我公开此事的意图,我希望媒体不要以一种断章取义、哗众取宠的方式,选择性地截取我的发言;同时,也希望他们将关注的重点,聚焦在法律与社会体制的改良升级上。因此,采访中为了回答记者的每项提问,我都倾尽了全力。至于媒体一方,估计也不懂该如何与性暴力受害者打交道吧,总是显得有些摸不着门道。许多记者似乎生怕触碰到不该触碰的肿块脓疮,在采访中进行"抛球"时总会保持着客气的安全距离。

但在当时的我看来,这根本就不是应该小心委婉、避重就轻的时候。一些不得不触及的问题,并不是针对我个人的,而是应当投向外部社会大众的。

新闻采访,是切实、可靠地接住受访者抛来的每个球;而新闻报道,则是改变球的方向,将它们如实地投向社会。

2022.3.15

动物的呼吸

最近，妹妹和父母来我家玩了一趟。他们来看猫咪 Tabi。

Tabi 四蹄雪白，仿佛穿了小白袜，故得此名。[1] 自从和它一起生活，转眼间，已经一年半有余。在此之前，全家人来看我这种事，极少发生。然而，自打某次我因出差把 Tabi 寄养在老家以后，他们三个有时会忽然发条消息过来："明天想去你家看看 Tabi，行吗?"

本月，原定为期一个月的海外出差，由于新冠疫情的扩散而取消。为此，全家人脸上都明显地挂着"遗憾"两字。

Tabi 在家的时间比我长得多，对家里的角角落落摸得十分清楚。与其说我是主人，不如说更像个在此蹭住的家伙。每天回到家，不知是否老远就听到了我上楼的声音，它总在门后伸着懒腰迎接。兴许是乍一打开玄关的大灯，光线过于刺眼吧，它必定皱着眉头，一副"本猫不爽"的模样，让我想起高中时代，每次晚归时，气哼哼黑着一张脸的母亲。

以前，我总是在思考"家为何物?"为了追求一处"真正属于自己的家"，不断迷失，复又寻觅，再三重复着求而不得的过程。而最近，回到有 Tabi 等候的家，我总会松一口气。

---

[1] Tabi 这一发音，对应的日语汉字为"足袋"，指分趾袜。

对我来说，如今家的定义正慢慢和"猫咪Tabi"画上等号。同时，对Tabi把家人给召唤过来这事，我也感到无比开心。

受到疫情影响，我无法重返伦敦的家，能够"回去"的地方愈发有限。起初，这曾令我感到非常局促。每天为网上那些用日语发泄的攻击性言论战战兢兢。每逢樱花的季节，又会勾起对当年事件的回忆。假如要列举"不愿回日本的n个理由"，简直数不胜数。不过，自打Tabi来到这个家，在阳光下晒着太阳，伸着懒腰，而我在它身旁，和着它的节奏调匀呼吸，不安便会神奇地随之蒸发。

小时候，我常会缩在被窝里害怕得睡不着觉。

每当此时，我就配合隔壁母亲熟睡的鼻息，来调整自己的呼吸。只要呼吸的节律一致，仿佛就能和去往睡梦世界的母亲，切切实实拥有同样的时间刻度，使我格外安心。那时候的我，曾相信所有动物都与人类拥有不同的呼吸频率。我吸气时，狗狗吐气；我吐气时，猫咪吸气。为什么会有这种想法，会相信这种事情，我也不晓得。不过，成年之后的今天，依然未变的是，只要和睡在自己身边的人保持一致的呼吸节律，我就能找到安全感。

前几天，在某种机缘下，我家又来了一只小狗。身为家主的Tabi貌似有点不知所措，几天来，一直重复着"凑上去瞧瞧，再闪开"的试探模式，一点点拉近和狗狗的距离。

阳台上绿植葱翠，如同一片小小丛林。我和绿植、猫咪、六角恐龙，还有新来的狗狗开始了同栖生活，发现它们置身的那条时间线，对我来说是个怡然自适的世界。因为，它们踏踏实实地活在"当下"。其实，在大约一万年前，人类在尚未开始农耕的时代，必定也同动物一样，过着只考虑"今天吃些什么？"的单纯生活。

被它们"带坏"的我，此刻，对手头积压的工作、已过截止期的稿债，心里虽也感到抱歉，脑子里却在打算着待会儿回家后，要先和动物小伙伴吃上一顿美餐。一切只为了，好好呼吸这个"当下"。

2022.3.17

你一个人住？

时隔许久，我和在英国的朋友通了个电话。

其实倒也没煲什么电话粥，纯粹只是叙叙旧，互通一下近况。她对我长期待在日本一事表示了担忧。自从伦敦封城以后，各种状况导致我一直无法回英，并不是为了转移长居地而选择留在日本。因此对伦敦的朋友们，我比较疏于问候。每次联络，对方必定会问："何时回伦敦呀？"最近，我有点不知如何回应这种关切。接下来打算在何地生活下去，我暂时还没拿定主意。

谈一谈稍早前我才搬来的这套位于东京的新住处吧。以往，我多数时候都住在建筑年份相对久远的老房子里。而本次的新家，则是落成还不到十年的公寓。公寓附近的公园里栽满了梅树，还有已在此地经营了四十余年的老咖啡店，晨间的套餐惊人地便宜……总之，我能不假思索举出无数条满意之处。

"如今这套房子，你是和谁一起住吗？"

去年年末，我和原本计划同居的男友，在临搬家前的几日分了手。我把这个情况告诉了朋友，由于怕对方担心，还特意补充了一句："不过没关系，目前我和猫猫一起生活。"

"没和朋友一起住吗？"

哦哦，原来伦敦的女生是这个思路？

一起住的朋友……我一个人痛苦难耐时，会去投奔的东京的朋友，她最近结婚了。从前我俩也聊过，将来如果双方都是单身，索性就搬到一块儿生活。不过，她一直有结婚组建家庭的想法，如今实现了，这是好事。说来，也有关系要好的男性朋友，同样向我提过将来同住的想法。他说等彼此到了四十岁就搭伙，我毫不让步，把时间推迟到了五十岁。这位朋友，如今已经成了一名好父亲。

至于老家那些从小到大的玩伴，如今抱上二胎的也大有人在，毫不稀罕。就算还未结婚的人，基本上也有男朋友，大都在考虑着接下来和男友同居的事了。

我在脑子里挨个把人选筛选了一遍，还未开口，电话那边，伦敦的朋友已抢在我前面问道："啊啊，大家都有同居对象了是吧？"

说这话的她，最近也和男友搬到了一处。说是过去一向有合住的室友，从来没独自生活过。互通了一轮近况后，她愉快地叮嘱："诗织早点回伦敦来哦！"随即挂断了电话。

自己一个人住，便如此需要担心吗？

想起中学那会儿，我常和要好的朋友去租录影带来看，当时，有部情景美剧叫《老友记》（*Friends*）。内容讲身居纽约的六位男女，不仅一起合租公寓，还时常聚在相熟的咖啡馆里谈天说地的事。我和小伙伴对这样的友情羡慕不已。

即使现在，有时独自在家，想听点声响，我也会打开《老友记》播上一会儿。家里有点"人声",就能安心不少。剧中尽管有些观念过时的令人笑不出来的性别玩笑,但这份"时代变迁感",反而让我心头快慰。当年上中学的自己,追剧的时候肯定没想这么多。时代与我皆已改变。这部剧每集约二十分钟,不知不觉便又到了下一集片头曲时间,甚至充当了计时器。

读大学时追的美剧《欲望都市》(*Sex and the City*),近来也可以在流媒体平台上重温了,和《老友记》一样,我常会在家里播上一会儿。有时,猛然听到某句触动内心的台词,我会不自觉停下手头的活计。作为环境音来说,它或许不那么合适。大学时期观看此剧,身居纽约的四名女主角,在我眼里闪闪发光,无疑是"独立女性"的典范,随时随地冒出来的性话题,也总让我大吃一惊。如今这些情节,却只会在我心里激起一串串共鸣。蓦然醒觉,三十来岁的我,已和剧中人到了同样的年龄。

自从中学时代起,我对美国电视节目中呈现的生活方式便心怀憧憬。从《老友记》,到真人秀《小溪滩的高中生们》(*Laguna Beach*)和《橘子郡男孩》(*The O.C*),正是看了这些美剧,我才下定决心要赴美留学。然而,自我介绍时表明"热爱动物与大自然"的我,并没有被分到《老友记》的纽约,或《小溪滩的高中生们》所在的加利福尼亚,而是远远被送到了号称"美国腹地"的堪萨斯州。堪萨斯作为童话《绿野仙踪》的背景舞台,相当知名,但当真变成女主角多萝茜生活在那里,恐怕会被龙卷风刮走。

在当地度过的第一个周末，记得我穿上牛仔靴，被带去看了场牛仔竞技。这是我未曾在电视剧里预习过的美国。在堪萨斯，曾先后居住在移动房车内、养着博美犬的当地人家、饲养了将近三百头牛的农户等，共有四个志愿者家庭接纳过我寄宿。

本次留学项目结束后，我回到了日本，从高中毕业。如今再回首，发现自十几岁到二十几岁这个年龄段内，我先后在柏林、巴塞罗那、纽约、佛罗伦萨、伦敦等多座城市，过着与人共居的生活。

在柏林时，因为住的是学生宿舍，下课后，我和朋友总会花三欧元买一支土耳其烤肉卷，为了省钱而将其一分为二，中午和晚上连吃两顿。

在巴塞罗那，我跟从西班牙内陆和从韩国来的建筑系学生一起合租。过生日的时候，就烤烤蛋糕，去华人超市采买食材。附近熟食店的热烤三明治，糅合了鳄梨、芝士、芒果三种配料，风味绝佳，我常和大家一起在那里吃早餐。

接下来一站是纽约。与最初的同居男友宣告分手后，我辗转多处，最终在上西城找到了一套合租公寓。某天夜晚，我从学校回来，只见住在同一公寓内的哥伦比亚艺术家，赤条条只穿了件内裤，浑身上下涂满颜料，蜷缩在地板上，正拍摄什么作品。他让刚进家门的我站到一把椅子上，抓起面粉从头顶往我自己身上洒。几天后，又见他把浴缸上扯满了五颜六色的彩线。三更半夜，他会突然喊大家集体去客厅跳莎莎舞，转天早晨，又以超大的音量放起了歌剧，挨个敲门把室友全部叫醒。

《欲望都市》里的女主角，个个都在纽约过着潇洒的独居生活。而我个人，二十多岁时在纽约住过之后，方才领教此地的物价多么昂贵。女主凯莉身为性爱专栏作家，剧中的设定是居住在上西城（实际取景的公寓据说却位于纽约西村），几乎每一集都在狂买周仰杰、莫罗·伯拉尼克之类的名牌高跟鞋。到底她能挣多少稿费啊？自打我开始工作以后，总会不由自主地在意这些问题。

二〇一四年，我来到意大利，最初在佛罗伦萨的住处是一栋五层的古老建筑，从浴室的小窗子看出去，可以望见圣母百花大教堂。我挺中意这个小小的房间，便敲定下来。男房东告诉我，房子里住的只有女性，谁知等搬进来一看，他本人居然也住在里面！那干吗一开始不老实讲呢？我同他理论，双方争吵起来，结果是，我重新提着行李搬了出去。后来，我又在另一座老房子的阁楼里暂住过一阵子。不过，每次去往阁楼时，必须从某个意大利女生的房间里横穿过去，有好多次都尴尬地撞见她和男友在床上亲热。最终，我落脚的地方，是位名叫玛格丽特的老奶奶名下的普通小楼。满头白发、人很漂亮的玛格丽特，也不介意语言不通的问题，常用意大利语和我唠家常。

这栋小楼前面，有块充作院子的宽阔空地，杂草在四下肆意丛生，长年开着黄白两色的小花。一楼，老奶奶自住的房间和起居室的百叶窗时常是拉着的，屋内光线幽暗，有时我从阳光火辣的户外回到家，进门那一刻的阴凉，又让人感觉十分惬意。

我的房间和厨房面朝院子,耀眼的阳光随时可以洒入室内。每至周末,玛格丽特绝无例外,会耐心花时间小火慢煎一盘黄油芦笋,最后削些帕马森干酪屑撒在上面,再摆上一枚半熟的煎蛋,这才开始享用。

二〇一五年,我回国后立即入住的女子合租公寓,不知为何充斥着忧郁的氛围。搬家完毕后去问候室友,能听到门后人行动所发出的动静,却没有应答。哪怕彼此住在同一屋檐下,有的人甚至连个照面都没打过。想来,大家都过分介意他人的存在吧,互相把日常生活的响动,尽力做到了"消音"。

然后,是伦敦。已扎根英国大地的明美,仿佛为了确保与日本的一线联系,每天珍惜地吃着冷冻纳豆。给我带来宾至如归感觉的明美,她的家里如今再也没有了她。而我的工作伙伴——与我一起创办了纪录片制作公司的瑞典人汉娜,在新冠大流行期间生了小孩,举家搬去了西班牙。汉娜和我最热爱的早餐,是撒满瑞典干酪的鳄梨吐司,再配上一枚不可或缺的半熟蛋。

我意识到,有汉娜与明美与我做伴的地方,才是我在伦敦的家。如今,或许因为没有了可以"回去"的家,我也不知该如何"回去"伦敦。

脑子里回想着这些人与事,肚子就饿了起来。

和别人一起生活的乐趣,大概在于可以分享美食吧。不仅比做一人餐更方便操作,也绝对比一个人用餐更有食欲。

与并非家人,且文化、习惯等各不相同的朋友一同经营日常生活，所学甚多。我不禁再次感慨，真是一笔丰盛的经验财富啊。说不定，再体验一把合租生活也挺好。

今天虽不是周末，我也学着玛格丽特奶奶，耐心花上点时间，用黄油把芦笋煎炒一下来吃吧。那些历往与我共同生活过的人，关于他们的记忆，以及从他们身上汲取的生活智慧，至今仍"定居"在我心间。

2022.3.21

偶然

每个人，或许都会偶然遇到什么人。偶然遭遇意外事故。或偶然发现一些东西。

关于我遭受性侵的经历，我也希望把它当作一场"偶然遭遇的事故"。

在一系列偶然的累积之下，我无意识地做出了某些选择，对方亦做出了他的选择，最终结果，是发生了那起事件，而后，又被法庭判定"不作为刑事案件予以公诉"。

即便是看似偶然的东西，追根究底，可能也是无数次选择不断叠加的基础上方才发生的吧？

或许是的。但我从未有一日不祈愿：当初若没遇见那人该多好。

只是，话又说回来，如果未曾遇见那人，未发生过那起事件的话，大概，我也无从邂逅如今生命里诸多不可或缺的宝贵之人吧。把这些想法放在内心反复思量，心绪烦乱到近乎崩溃。要是从未发生过那起事件的话，恐怕也就不会写下这些随笔、感悟了。

在我将自己遭遇的那场"事故"公之于众后，恶言恶语的"石块"纷纷向我砸来。得知我的处境，向我伸出援手的，是明美以及与我同龄的朋友汉娜·阿克韦林。在她们二人的指引下,我移居到了伦敦。出生于瑞典的汉娜,是一名新闻记者兼短片导演。我和她决定制作一部纪录片,来反映日本性暴力方面的相关法律与社会援助制度的实情,于是合力敲开了英国BBC电视台的大门。

当然,策划案并没有立即通过。双方持续沟通之下,迫于形势需要,我不得不返回日本。对自己出生成长的国家,我平生第一次感到如此恐惧,甚至不愿再回到这片土地。

"放心,我来做你的人肉盾牌。要知道,我可是瑞典人。在法律层面,对人权一丝不苟予以保护的瑞典哦!谁也不敢来惹我的。"

汉娜嘴上半开玩笑地劝慰着,行动上,也果真陪我一同来了日本。当我出于对事件的记录与回顾,写下的人生第一本书《黑箱》临近校阅完毕时,每天都要与各种状况面对面死磕:要么,是检察审查会发来通知,针对我提出的复议申请,做出"不予起诉"的判定;要么,那边国会刚刚发布了众议院解散重选的消息,这边电话便响个不停,各路媒体纷纷来打探:"诗织小姐是否有意参选议员?"再不然,便是怀疑有谁在我的住处安装了窃听装置,只能用型号古老、形似初代大哥大的探测仪,伸出天线在房间里四处扫描……身为陪伴者的汉娜,无论精神或体力,都像即将断电的灯泡,也陷入了透支状态。尽管如此,她依然与我相伴度过了这段混乱不堪的日子。

出乎预料的是,几乎是在出版《黑箱》的同一时期,由美国好莱坞掀起的#MeToo运动,声势急速扩大。在这场全球性运动的助推下,以"时事专题"的形式,与BBC电视台合作一档节目的计划,徐徐地尘埃落定了。

在我乘坐出租车前往外国特派记者协会，参加出版发布会的途中，我的心情十分忧郁。讲述自身受害经历的记者见面会，有过之前那么一次，就够受的了。我不愿站在镜头前，再度面向公众。况且，一见到那群不开发布会仿佛就写不出稿子的记者，心里便烦躁得要命。

用日语陈述事件，对我来说是种痛苦难耐的体验。我向主办方提出条件，允许我全程以英语发言，这才答应出席发布会。然而，一想到可能随之而来的舆论反扑和各种恶意言论，不知自己是否扛得住，与日本的距离会不会愈发疏远，我的心便七上八下，难以平静。

汉娜陪我坐在出租车后座，手举摄像机，同时向我发问。

"假如可以把钟表的时针拨回从前，你觉得你还会让自己被强暴吗？"

实际上她的原话可能包装得更委婉一些，但在我听来，总之，她问的就是这个意思。

"一个人怎么可能自己选择被强暴！"

我无法相信自己的耳朵，不禁提高了声量。

回答后转念又想：那样的话，恐怕也就遇不到汉娜了吧？就算我们能以其他方式结识，估计也不会挤在同一个小房间里，互相倾诉对权力的恐惧和自身的无力了吧？不会结伴去超市买回带羊驼标签的便宜白葡萄酒，每晚相坐对酌了吧？想到这里，心里忽然一阵失落。她想问的，一定是这个意思。

自从遭遇性侵以来，在我自主选择并全力奔跑的道路上所邂逅的人、经历的事，给我现在的人生带来了难以估量的影响。与汉娜合作拍摄纪录片，写作并出版人生中第一本书……

投身公共表达领域的我，或许也对社会多少带来了一定的影响吧。

总算熬过了在日本逗留的这段日子，二〇一七年的圣诞节假期，我们终于回到了英国。

汉娜以我们在日本几个月的生活体验为基础，给瑞典的报纸写了一篇稿子，题为《日本 #MeToo 纪实》。

当这篇文章作为"年终特别报道"刊出后，汉娜为探望家人从伦敦回了瑞典，某天在酒吧里，不知不觉地与邻座的两名女性聊起了时事话题。

二人热烈讨论说，最近在报上读了关于日本 #MeToo 现况的专题后，内心大受感动，希望自己成立不久的出版社，今后可以多多推出这类激励女性自主自强的选题，这是她们梦寐以求的事业方向。而这二人谈论的，正是汉娜撰写的那篇关于我抗争经历的报道。汉娜个性较为羞涩，原本不是会主动向陌生人搭话的类型。或许在酒精，以及岁暮时节松弛开放的氛围催化下，外加两位女性的热情，才成就了这份机缘吧。

在各种偶然的叠加作用下，《黑箱》的瑞典语版，甚至比英文版更早，经由两名杰出女性创立的新锐出版社出版面世了。

偶然，是选择累积的结果。而选择，即使多么微小，也意味着"为之付诸行动"。这，是本次"出乎预料的人生旅程"，教会我的道理。

2022.3.22

Ⅳ 从"活下来",到"活着"

无辣不欢

从遭遇性侵，到之后的一段时间里，我常会在胸罩里藏一支录音笔。

不论是警方调查，抑或什么活动，我不再信任日常打交道的一切，认为凡事都应当留好记录。

长达几十小时的录音资料，连午餐或晚餐中杯盘碰撞的声音也悉数保留了下来。我浑然忘记了录音笔的存在，如实记录着生活中一切事务。而每日的饮食，也照例是无辣不欢。

初次向律师讲述自己的受害经历后，我和一向在背后默默支持我的朋友加奈去吃午餐。每当压力累积，或身体不支时，我的喉部就会出现不适的情况。当天，嗓子同样也难受到说不出话来。尽管干涩的喉咙只能发出嘶哑的悲鸣，我依然把红辣子当作能量补给的燃料。"来一碗大份的！"录音里，继店员的吆喝声之后，桌上随即响起了拼命放醋和辣椒的动静。

听着用餐时与加奈的对话，我心想：啊，原来自己当时也是靠吃辣活下来的。

加奈："我在想，诗织碗里的红汤要是不小心溅到眼睛里，肯定疼得要死呀。"

我："啊哈哈哈。"

我："啊!"

加奈："太辣了?"

我："鼻子痛……"

加奈："没事吧?辣成那样,怪吓人的。还是算了吧,尝尝我的这碗呗?会不会辣死啊,吃那种东西。到底有多辣?还算是人吃的吗?"

我："好痛……"

加奈："要紧不?"

我："用力吸的话,就很刺激……嗓子……味道倒是还能承受。你也尝一口嘛。"

加奈："那么辣,我哪儿受得了?能让你边吃边呛的东西,我可不敢找死!"

我："可能……今天喉咙有点敏感吧,吸溜的时候,会感到刺痛。"

加奈："要不然加点我的汤吧?"

我："不,不用。辣度没问题,就是一吸溜会刺激喉咙。相当具有攻击性。不过,也非得这么辣才够提神……"

加奈："这种程度的攻击性还应付得来。对如今的你来说。"

我："我已经六天没好好吃饭了。每次醒过神来……都过饭点了。"

加奈："一切为了打垮那家伙。连吃饭的时候,心里也在默念'看我不把你们统统干光!'"

我："已经统统干光了。"

加奈："啊哈哈哈，好可怕！"

我："感觉我吃辣的技能在一步步升级。请问，还有更辣的吗？"

店员："有啊。"

加奈："哈哈哈哈（大笑）。不好意思，顺便再拿点醋来。瓶子里一滴醋都不剩了。诗织搞什么嘛。"

店员："来啰——"

加奈："停，停！别再放啦！"

（哧溜哧溜，吸拉面的声音……）

加奈："感觉就剩酸和痛了。其他味道一律尝不出来了。"

我："多放点醋，味道才更爽啊。"

加奈："哇，好辣！不要啊，可怕死了。诗织，诗织，别放了！"

我："这才能体现我的心情。"

加奈："好恐怖。就感觉，这还算食物吗？什么鬼啊。"

我："啊，不过，好像来点精神了。就感觉，天灵盖被打通了。"

加奈："哇……吓人，吓人！"

我："头顶长出犄角了。"

那之后，已过去七年。今天，我嗜好食辣的习惯依旧未改。

名誉损害诉讼的一审，发布了最终判决。众议院议员杉田水脉，给推特上共计二十五篇针对我的诽谤性发言连续点赞，为此，我对她发起了民事诉讼。当我听到一审结果是"驳回原告方的诉讼请求"时，将判决书塞进包里，冲辩护团律师高喊："我去吃个午饭，马上回来！"便冲进了视线内的一家二郎系拉面馆。

放眼望去，吧台前的榻榻米上，一桌桌客人正对着面前的大海碗，以自己中意的口味，在碗中撒入红红的辣椒面，再拿勺子舀起红汤，哧溜哧溜吃得起劲。

牌子上写着"建议辣度：辣椒面一勺份"。而我，就算放十勺也感觉差点意思。为了追求辣度所带来的刺激，我连连舀起辣椒面撒入碗中。等吃完面再瞧，剩下的半碗红汤，犹如地狱绘里的血海烈焰。明明穿了防汤汁飞溅到衣服上的纸围裙，可汁汁水水总能完美避开围裙的阻截，把我身上每次来法院必穿的唯一的那件白衬衫，染上了一片片红点。

接下来还有场记者见面会。而对衬衫上的污渍，我却不怎么在意。大事当前，我并没有食不下咽，而是用火辣辣的美食补给能量——这样的自己，让我稍稍放下心来。

辣椒素染红了我的嘴唇、面颊与衬衫。我脑子里模模糊糊回味着今日在法庭上听到的不合理宣判。从内容来讲，固然使我难以接受，但更感到违和的，当属法官进入法庭后，众人齐刷刷起立、低头致敬的一幕。身边所有人都这么做，我每次也都会配合，心里却认为：法官犹如被供上了神坛，自讲台居高临下做出宣判或裁决的形式，早已落伍于时代。明明更应该通过形形色色的案例，和大家一起学习与时俱进，更新认知。

今后，也许我依然会开怀享用辛辣的美食，而后奔向法庭，为了什么而抗争吧。

2022.3.28

幽灵漫步

七年前,从纽约回到东京后,我经历了一场逆向的文化冲击。其中之一,便是在日本,尤其在东京"绝不与他人随意搭话"的传统。

生活于纽约,哪怕是去熟食店买只贝果,在收银机前排队等候结账的当口,假如看到前面的顾客穿了双可爱的鞋子,即便是初次见面,我也不吝于奉上几句赞美。走在大街上,瞧见有谁一身奇异穿搭——甚至让你疑惑这些稀奇古怪的玩意儿到底从哪儿淘来的——但假如十分彰显其人的个性,老远我便会大喊:"你好酷哟!"甚至有的朋友,也是我在地铁上通过闲聊而结识,慢慢发展成一起共事的伙伴的。只要四目相对,大家就会互相问候:"早上好!""哈啰!"总之,走在街上的时候,人们之间是有交流的。

尚未从这种文化的影响中脱离出来的我,回到东京依然旧习难改,逢人就会搭腔,常把对方吓得一愣。有人会哑哑地小声回应,好像出生后第一次开口说话。偶尔也会有谁爽快地跟我聊上几句,但基本上这类人都是关西出身。

在东京街头漫步时,我常常怀疑:莫非自己是个幽灵?

即使面对面走着，别人也看不到我，实际上，我压根就不存在吧？心里忐忑不安。

不过，在东京生活几年后，渐渐地，我也习惯了这套行为准则，已经学会了把自己完美地"幽灵化"处理，走在街上，如果和谁目光相遇，就微微一笑，或小声问候一句，但再也不会像从前那样随便与人搭话了。

但是，最近，本已熟练掌握"幽灵化"技能的我，成了人们眼里可见的存在。只因我家来了一名新成员——狗狗海胆君。以往擅长视而不见的东京居民们，似乎能看见海胆君，许多人会主动冲它微笑。确切说，比起我这个大活人，海胆君在他们眼里更"显而易见"。

尤其同为牵狗出门的人士，彼此遇见时，必定会问候一声："你好啊！"双方的交流，通常以海胆君为由头，"早上好——""好精神哦——"句尾往往拖着长音，省略了敬语，换上了闲适随意的"狗语"，聊起天来格外轻松。

除了最后告别时那句"多谢您了"（对话在此时忽然变得礼貌而客气，我瞬间恢复了"主人"视角，旨在向对方表达"感谢您陪我的狗狗玩耍"），大家的交谈始终处于一种自在随性的氛围中，简直难以想象彼此身在东京，是碰面不久的陌生人。

昨晚，我带海胆君一起参加了东京夜景的实地拍摄，想让刚降生三个半月的它，一点点去探索和发现更为广阔的世界。对它来说，以往只是局限于住所附近的散步区域，骤然扩大，变成了一场东京漫步。

归途中，我拐进下北泽一家营业到很晚的、专售精酿啤酒与汉堡的餐厅时，一群打扮时髦的客人纷纷围上前来向海胆搭话。这次，我们双方没有用"狗语"，而是用正经日语开启了漫无目的的闲谈，最后淡然地互道一声"回见"，各奔东西。

　　以人类的年龄来推算，仅相当于六岁的海胆君，便在精酿啤酒店完成了"社交首秀"，或许还为时过早。不过，以往形如幽灵般的、我的东京生活，忽然间可视化了；彼此有"人味儿"地、平平常常地互道问候这件事，忽然间不再是禁忌了，这样的变化，使我快乐不已。走在路上，本来很难拧开的、用来发声的"水龙头喉"，如今托海胆君的福，"水龙头喉"居然拧开了，又汩汩冒出水来，重新让我领略了人与人交流的美妙之处。

　　就让幽灵漫步适可而止吧。每个个体，生而为人，原本便该通过各种小小的交流，去感受自身存在于社会的喜悦，并与他人互通心意，彼此理解。哪怕，没有海胆君充当中介。

2022.3.31

从"活下来",到"活着"

昨天傍晚,我爬楼梯登上自家那幢未装电梯的公寓楼。来到四楼,心里念叨着:此刻,家里有我爱的猫猫狗狗在等我,这两只小毛球肯定正蹲在门后……伸出手去,眼看差一点快要触到门把时,忽然,脑子里闪出一个念头:

"I am living now, not surviving."

此刻,我"活着",而非"幸存"。

我意识到,从"活下来",一路走到"活着",这期间,自己置身的环境,也发生了清晰可见的改变。

这样比喻或许不太恰当:为了保住性命,竭力从烽火连天的战场逃出生天,昔日熟知的、那个习惯而亲切的故乡,却再也回不去了,但在新的土地上,我又筑起了住所,一日又一日,过起了足以称为"生活"的生活,并渐渐习以为常。"自己属于这片土地吗?"尽管内心仍有一丝疑虑,但相较于从前,至少拥有了表面的安稳——这,便是我当下的感觉。

这七年间,我为了"活下来",拼尽了全力。

老实说,所谓"生活""活着",究竟意味着什么?对此,尽管我发自内心地追问着答案,却至今也未能百分之百弄懂它们的含义。

以往，我只顾应付眼前的问题与恐惧，即便是应付不了，也会想尽办法对付一下，为此花足了力气，不知不觉间，任日子流逝。并且不知何时，慢慢适应了这套周而复始的把戏。

在内心的某个角落，我训诫自己："你已不再可能拥有真正的人生"，同时横下一条心，从战火下潜逃出来。至于活下来之后该怎么办，我并未细想，仅单纯地以为，只要发自内心地想要活下去，好像就不会跌落火坑了。当时，比起活命，我更在乎"社会身份的健全"。

二〇一八年，在台北举办的"基于性别的暴力问题研讨会"上，我曾当着来自亚洲各个国家和地区的社会活动家及援助团体，进行自我介绍。在罗列了姓名、职业等身份信息后，我向大家宣布，自己是个"性暴力的幸存者"，随后，又对这个说法感到一丝不妥。"幸存者"这个标签，听起来似乎比"受害者"感受好一点点，但我仍不希望用它来形容自己。最关键的理由是，虽为"幸存者"，我却并不能以"过来人"的状态，以一种过去式的口吻，去谈论曾经的体验。于是，我又补充道："实际上，我幸存于当下的每一天。"

但是，如今，对"幸存"这个词，我已不再有那么强烈的"现在进行感"。我想，自己终于从"幸存"起步，渐渐地拥有了"活着"的能力。

2022.3.31

周年日的突破

从早间便开始下雨，寒意袭人。街头四处盛开的樱花，一场冷雨过后，大约也会因此而凋零了吧。

今年，我每日外出遛狗时，总算有了点心思顺便赏赏樱花。

遭遇性侵的那天早晨，枝头热闹怒放的樱花，仿佛正欢庆春日的来临。从酒店打车回家的途中，我神思恍惚地望着眼前的景象。窗外的世界，明媚斑斓，与骤然失去色彩的我，形成两极的反差。

自那以来，樱花于我而言，成了触发回忆的扳机，一个勾起那天早晨记忆的要素。

不过，进入今年，我未再遇到过严重的惊恐发作。在这个春天，首次得以心平气和地迎接樱花季到来。时隔七年，终于。

事件过去，整整七年。今日天气虽恶劣，但至少不像那天一样色彩缤纷，天地间灰蒙蒙一片，令我感到些微的安心。感谢天公凑趣。

当年我二十五岁，如今已三十二岁。原本无意识的我，察觉到这个创伤触发机制后，便开始有意识地回避去看樱花。但是今年，我甚至拍了些东京樱花的照片。

今天，我和七年间陪伴我一路走来的朋友麻美，约好去涩谷的音乐节玩玩。一位负责筹办音乐节的朋友向我发出邀请后，直到三日前，我才跟麻美打招呼。"好耶！"素来热爱音乐的麻美便一口答应下来。关于这个日子该如何度过，我期望，有个能真心理解我的人陪在身边。

近来，我虽真切感受到，自己终于从"活下来"，一步步走到了"活着"。但四月三日的来临，依然令我畏怯。

一周前，我的电脑日历忽然蹦出一条提示，"重要！即将离日！"去年，周年日的到来，几乎如狂澜将我吞噬。待情绪平复，我发现自己正静静地收拾行李，淡淡地交代了工作和项目的交接事宜，便动手开始准备，去一个没有"我"存在的世界。

努力走到今天这一步，够了。累了。剩下的交给你们好了。"辛苦大家——""爱你们哦——"我只想撂下这句话，随即消散在空气里。不过转念便意识到，之所以冒出这些情绪，或许是周年日的缘故。接下来的一个月里，我尽量避免与人接触，跑到朋友加奈家小住了一阵子。

同事KK看穿了这一切，在三月末的日子设置了一条重要提示，"注意：即将离日！"并且每隔一天便铃声提醒一次。我只期望远远离开这座因为樱花而变得色彩缤纷的城市，什么也不去感受。

懒得打伞的我，和怎么也撑不开手里那把小折伞的麻美，淋着冷雨小跑进了音乐节的会场。实际上，为了某个喜爱的乐手，我原本打算早点来的。不过，在麻美家用过午餐后，两人抱膝而坐，沐着弥漫的香草味，啜着马可波罗红茶，不知不觉，时间便到了下午四点。比起外出下馆子，我们更喜欢这样赖在家里的地板上，闲闲散散地度过午餐时光。险些迟到的刺激感，同样令人愉悦，我们仿佛回到了高中时代，在雨中雀跃地奔跑。

一面跑，我一面想说："其实啊，今天，是那件事的周年日。我本来有点焦虑，所以能有麻美的陪伴，真的好开心。"可又担心话一出口，会打破眼前这份"安心的魔法"，便把话咽了回去。说不定，麻美也知道今天是什么日子。

时隔许久，我再次将身体交付给音乐，随着节奏任意舞动。每当音乐奏响，加入了高球酒[1]的塑料杯，便会随之震动，连指尖也会感到一阵清凉。

音乐节最后登场的，是糅合了爵士、朋克、摇滚等多种风格的实验乐队 Shibusashirazu。演奏太过精彩，随之扭动身体的我，舞得脖子手臂差点脱落。麻美因为腰痛，不敢尽情跳动。但我俩脸上都溢满了笑容，在这片注满了音乐的空间里，恣意享用眼前的快乐。大汗淋漓的我，给七周年的"受难日"，刻上了轻松的节拍。

时间为我们治愈一切——曾经，我厌恶这句话，不愿接

---

[1] 高球酒：用威士忌兑苏打水制成的酒精饮料。

受它的劝解。我死死咬住伤痛的过往，不肯释怀，但在时间的流逝中，也确确实实实缓步向前，走到了今天。

回途中，沐浴着纷飞细雨，我们也没有撑伞。

周年日快乐！总之，活着真好。

Cheers to me for surviving all these years, and cheers to me for living my life now.

为我多年来的劫后余生喝彩！为我今日拥有自己真正的人生喝彩！

2022.4.6

逃离"信息天堂"

走在东京的街头,五花八门的讯息会不断跃入眼帘。

此刻,我正喝着拿铁咖啡,漫不经心眺望着窗外。从这座涩谷的高层大厦放眼看去,阴霾堆积的东京街头,散落着红色、黄色和绿色的广告看板,更有难以计数的霓虹灯牌涌入视线。闪耀刺目的画面,不停输出着冗杂的信息。

时隔两年,在去年岁末时,我又趁海外出差的机会,在葡萄牙里斯本逗留了数周。每天在青石铺就的街头一面散步,心中一面感慨:没有了杂七杂八的装饰,以及遮挡视线的障碍物,街道的轮廓与建筑的造型皆清晰可见,对眼睛或大脑都分外友好。

我喜欢在语言不通的异国街头漫步。因为在我看来,这也是个"信息减肥"的过程。我还爱听不解其意的外语歌,比如冰岛歌手奥斯吉尔·特勒伊斯蒂(Ásgeir Trausti)为同一首乐曲填词发行了英语和冰岛语两个版本的专辑,但我只听冰岛语那一版。

来到语言陌生的街头,无论是过往路人打电话的内容,或是电车内的闲聊,都可以任由我放飞想象:人们莫不是在争吵?而街角香烟铺里展开的粗野交流,听在耳中也不过只是一种特殊的节奏。

如今这个时代,只需打开手边的智能手机,即可接收来自全球各地的资讯。

但其实,我们真正想了解的讯息,真正感到心灵相通的文字和话语极为有限。于是,为了避免内心在信息的狂轰滥炸下疲顿不堪,我让自己活成了一块微微干燥的海绵,以便在必要的时候,随时可以吸收信息。倘若过度饱和地吸入了信息,处于将沉状态,我会好好把自己拧干,再放在日头下晾晒一番。

如今回头看,离开老家后,我从未在自己的住处摆放过电视机。用来看电影的投屏倒有一块。所以,有时妹妹来我家玩,说我养的狗子长得酷似搞笑艺人小峠,我脑子没有一丝概念。但,这并不会对我的生活造成任何妨碍。

我已无法忍受,每日从不知什么方向,由未曾谋面的陌生人,不分时刻、不顾早晚肆意投来的言语石块,索性删掉了手机里的一切社交软件。必要之时,就用电脑打开。

在我个人感觉里,手机发来的讯息,会像泄漏事故一样猝不及防涌入视线。但打开电脑,则可以事先做好"也许即将步入险道"的心理准备,随后再开启网络,安然地四处走动。所以,为了工作,或遇到不得不打开的消息、邮件等,我总会委托助理帮我先"拆封"预检一遍。

这种摆脱了社交软件的生活,我已实践了两年有余,日子也变得轻松了许多。

不仅诽谤中伤的言论消耗心神，我发觉，浏览社交平台上那些不必要、不确凿的资讯，浪费的时间远远超乎自己的想象。若是想念朋友，不必通过社交网络，直接见面喝茶即可。想要了解的时事新闻，也完全可以靠广播或报纸获取。

假如不曾遭遇网暴，或许我很难在日常生活中与社交软件保持距离。这是我经历毁谤中伤后，得到的一点正面收获。

如今，朋友或工作伙伴似乎也知道我极少即时浏览手机消息，有事就直接打电话找我。

以往，每次回复手机消息，我总要思前想后，花上不少时间斟酌措辞。换作是打电话，则可以迅速把握对方当时所处的环境、状态，双方也更容易了解彼此的意思。遇到不得不发邮件的情况，我也会省去诸如"XX先生女士，承蒙您长期关照"之类的客套话。对这些社交辞令，我永远都无法适应，上来直接切入正题，只写自己打算沟通的事项，其他无关紧要的闲话，一律略过不提。真有什么感谢的话需要倾诉，要么打电话直接聊，要么哪天见面的时候，攒够了当面一块儿表达。

2022.4.8

女性主义者与约会软件

"你对伴侣有什么要求？"

我一边慢跑，一边单刀直入，对眼前这位十五分钟前才刚认识的男性进行了采访。

"尊重彼此独处的时间。"

略微考虑之后，这位肌肉男答道。

"原来如此。"我随声附和，紧跟着便告知对方，"我希望伴侣是个女性主义者。"闻言，肌肉男双腿打了个绊儿，险些跌倒。

"请等一下，这是什么意思？"

我对通过某约会软件物色交友对象，曾经有过抵触。去英国强奸受害者应急救援中心采访时，我听到了太多女性经由约会软件结识男伴后，遭遇性暴力的案例。

不过，自从有了在日本长待一段时日的打算后，我决定从这里寻找新的伴侣。

如果单纯以找对象为目标，极大可能会灰心受挫，由于迟疑而难以迈出第一步。于是，我给自己的计划取了个名字——女性主义者约会软件采访项目，想借此坦率地了解一下，在日本使用约会软件的男性，有多少比例认为自己是女性主义者，以及对女性主义持有怎样的看法。随后，我便启动了"调查"。

在我看来，如果告诉对方自己约会的目的是采访，"结识新男性"这件事，也就没那么可怕了。

于是，以此为起点，我开启了小小的"求偶之旅"。

由于对约会软件上的交友过于戒备，首次采访，我决定一边慢跑，一边进行。因为我想万一发生什么意外状况，可以立即拔脚逃跑。

首次约会的这位男性，穿一身运动休闲装，他在差点摔了一跤后告诉我，他心目中的女性主义者，就是"讨厌男性的、坏脾气女人"。"女性主义的努力目标，是让性别不再成为阻碍任何人的壁垒。"我试着谈了谈自己的见解，看看对方的态度，似乎有兴趣再多了解一点。于是，慢跑在此中断，我们走入国道边的一间咖啡店，聊起了彼此的性别观，一直聊到手中的饮料从咖啡换成了啤酒。调查首日，东京的女性主义人口，又增员了一位。

我周围的朋友里，有不少女权人士。所以遇见这个谈起女性主义话题，就像在谈某个未知小行星的顺性别直男，对我来说也有种新鲜感。也有人一听说要聊性别话题，当即打退堂鼓，扭头便走。还有那种嘴上喊着"我从没聊过这种事！"同时一副精虫上脑模样的人，甚至从头到尾跟我谈论性爱话题。

一段时日后，我察觉自己在调查方面投入了过多精力，为女性主义人口不断增员的同时，却始终未能遇见合适的伴侣。不过，我猜测，大家并非对女性主义不感兴趣，也许只是缺乏了解和探讨的契机。如此一想，对于在日本物色伴侣这件事，我也看到了一线明朗的前景。

不过，话说回来，我寻找伴侣的初衷，究竟是什么呢？

老实说，从前我总认为："反正未来某天肯定会遇到某个人吧。"事实如我所料，多年来也确实邂逅过一些交往对象。然而，现在，我却在主动寻找伴侣。日本的婚姻制度，让我看不出丝毫的益处，因此并没有结婚的愿望。不过，也许是一直在有小朋友陪伴的环境里长大吧，我希望将来能养育自己的孩子，也与孩子一同成长。

但与此同时，我对自己的动机抱有一丝怀疑。因为要孩子这个想法，原本十分混沌，自从回到日本之后，开始变得强烈起来。我甚至猜测，莫非自己恰好处在三十岁的人生节点上，想要孩子的愿望，只是出于一种生殖本能？又或许，我只是想构筑属于自己的家庭，只是不愿独自一人生活？莫非，一切只缘于我的傲慢？

与某人共筑家庭，共度人生，当然不是一件坏事。我认为这很美好。只是我也隐隐察觉，自打回到日本，自己出身的环境、周遭的人与事，以及社会传统与风气等，都给自己带来了不小的影响。假如发自内心渴望孩子，那么另当别论，但若是受了他人的影响，而有意无意选择这个方向呢……？

况且，我的寻找伴侣之旅，此前无一例外，都毫不犹豫以男性为对象。但实际上，我的前男友有一次曾说："下次诗织再选对象，干吗不试试女孩子？"

如此左思右想，肯定也不会有什么答案，何妨随心而动，信步向前？不过，要是我一直生活在纽约呢？一直在伦敦呢？一直在非洲呢？也会觉得"不如听凭心情，顺其自然"吗？正这样思来想去时，忽然，助理打来了电话。

同时也是我多年老友的她，在电话那头问："诗织呀，美国那边举办活动发来的邀请资料，有些必须填写的条目。关于对你的称呼，你希望用代词'she'，对吧？我觉得，最好先跟你确认一下。"

最近，朋友向我推荐了一款猫语翻译软件。我对猫咪 Tabi 用了一下，谁知，它居然喊我"爸爸"。但朋友家的猫咪就很老实，会正常地喊她"妈妈"，也会老老实实地喊她的男朋友为"爸爸"。记得当时听完这件事，大家曾哈哈大笑。

"我家猫似乎认为我是它爸爸。但我觉得自己是妈妈。所以，这次，我想自己应该是'she'。"我告诉助理。

"是嘛。毕竟是诗织啊，哪天忽然要求大家'请用 they 称呼我'，倒也不足为奇。"她笑着挂掉了电话。

讲英语的场合中，假如忘记了谁的名字，可以用"you"或"she"来指代。而且，在今天这个时代，用"they"也未必不可以，实在非常便利。但话虽如此，每一次称呼，都要确认和区分性别，有时也出乎意料地麻烦。毕竟连当事者自己，对自身的性别归属，有时可能也稀里糊涂。或许还是用名字称呼，最为简单。

Am I really she?

我果真是"she"吗？我也不清楚。但，我就是我。

2022.4.9

写给十四岁的我

二〇二二年二月十三日，NHK电视台播出了纪录片《发声，以及之后》。几位与我同年代出生的导演，自二〇一七年起，在公司内多次提交该片的策划案，又多次被打回，很多时候只能靠自费坚持采访、拍摄，今年，该片才终于得以在早间时段播出。

NHK电视台从未围绕我所遭遇的性暴力事件进行过报道，如今能走到这一步，是几位导演为之不懈奋争的结果。

片子播出后，收获的并非清一色为正面反馈。不过，电视台方面也承认，过去由内部导演策划、制作的节目，从未激起过如此巨大的反响。与她们的相遇，使我一次次见识到在某个组织内推进工作时所需面临的挑战，每一步如何一波三折，以及能够取得多么戏剧化的进展。

几年来，我曾多次接受这个制作团队的采访。在即将迎来最终回的采访前，其中某位导演联络我："如果有小时候的照片或家长联络簿，可以请你一起带过来吗？"（前面某篇中我曾提到自己十三岁时的日记，也是因这次契机找到的。）

我不太确定老家是否留有这些过去的旧物件，便问了问父母。谁知，到了周末，父亲居然开车运来了成堆的相册和联络簿，多到一人几乎抱不住。

"光是诗织你个人份儿哦,就积攒了这么多相册。"

大概因为我是家里第一个孩子吧,什么都应有尽有。况且,当时恰好是从胶片摄影向数码过渡的年代,之后出生的弟弟妹妹们,就不再拥有相册这东西了。

话虽如此,为什么过去年代的相册能够这么重、这么占地方啊?

逐页翻看着,我不由感慨:真难为父母啊,居然连这种照片,也给保存了下来。从出生至一岁的那册里,密密麻麻写满了母亲的留言与感想。而之后的许多册,就只是随意地贴了贴照片。胶片写真的温润质感,令人感到悦目。

把它们拿给导演看倒是还好,可看完后没法立刻搬回老家,失去了容身之处的相册们,一连好几个月,被我堆放在客厅的一角,每次同事或朋友来家里玩,都会翻开瞅一瞅。

"眉毛看起来很有主见呢。"

"这双眼睛,仿佛看透了世间一切。"

边看大家还要随口点评几句。

的确,我小时候是个不太有孩子气,或者说缺乏童真感的女孩。

装在袋子里的信件、家长联络簿等,如果看也不看就送回老家,未免有些过意不去,趁送还之前,我打开瞄了几眼。

据联络簿记录,我曾担任过班级里的新闻委员和动物饲养员。看来从那时起,我的兴趣爱好就没变过。至于学习,我一直以为自己上小学时在班上属于"成绩优异"的行列,但从记录来看,似乎也没优秀到多么拔尖的程度,属于极其中游的水平,使我有些小失望。让我误以为自己学习挺好的,估计是父母吧？他们很少计较成绩。受此影响，我一向有种自己"学习还行"的错觉。

联络簿之间，夹着一册薄薄的 Campus 牌软面学生笔记本，是我十三岁起写的日记，以当时女生间流行的"辣妹文字"，赤裸裸袒露着自己的心情，诸如：电影的观后感，与母亲闹了别扭，跑去朋友家熬到半夜等，对各种小事都有详细的记录。

到了十四岁，日记中还是会整页画满了金毛犬。无意间定睛一看，发现这幅画的下一页，写着一段对噩梦的描述，并且还配了插图，呈现出似乎是战场的氛围，而我则奔跑在一片丛林中。身后，一名小女孩正背着炸弹疾速追赶上来，看样子是奉敌军之命前来杀我。敌人待在稍远的地方，只是不断向女孩下达各种指令，自己却并不动手。

无论我如何发力狂奔，女孩的速度都丝毫不减。中途我甚至猜测，难道她是机器人？我装作回头看的样子，在她耳朵上狠狠咬了一口。"好痛！"她哭喊着，耳朵流出鲜血。尽管如此，女孩仍对我穷追不舍，边哭边向我冲了上来。我边逃边问话，得知她名叫"由美"。无法停下脚步的她实在可怜。据说只要停下来，炸弹就会爆炸，她也会没命。找不到出口的我，最终决定抱着女孩，和她一块儿赴死。

梦境发展到这里，我忽然醒了——稚嫩的文笔如此写道。

我这人记性不算好，但读着日记，还是忆起了梦中的各种情景，随后意识到：或许，我便是梦中的"由美"。

身上究竟背负着什么，我并不清楚，但脚步一刻也不能停。当时，我确实被沉重的压力催逼到近乎崩溃，却仍在奋力奔跑。

升入中学后，我患了场大病，日复一日辗转在各家医院，做着没完没了的检查。起初，请假不上学还令我窃喜，但病假的日子越来越多，直到最后住进了医院。离开了学校这个小社会，日子变得格外漫长，感觉一周犹如一年。我惊恐地意识到：离开学校，意味着自己丧失了身在社会的一席之地，即使哪天重返校园，只怕也找不回属于自己的位置了吧？

我像梦中的由美一样，希望有谁能抱住自己，安慰说："停一停也可以哦。"尽管"停下来"，意味着未知的死亡。

藏在我心中那个小小的"她"，如今依然在全力奔跑。随着年龄增长，虽说稍稍放缓了步调，但要是彻底止步，我的内心仍抱有恐惧。

在我看来，过去的自己好似一条洄游的鱼。

"好好休息一下吧"，听到有谁这么劝说，我便无所适从。

比起停下来休息，忙碌（似乎）才能让我心里没有包袱。也许我内心根植着一个信念：要把人生的每一天，当作最后一天来活。我不断出发，奔向这里，奔向那里，不断开启新的尝试。比如昨天，时隔许久好容易有个假日，明明没什么安排，我又心血来潮地冲出了家门，打算慢跑到离家二十千米远的、老家附近的大型公共浴场那里。

实际上呢，我明明很想抱抱自己，劝劝她："停下来休息休息也没关系。"

如果非要举出一点进步之处，那便是，在持续不停地奔跑中，我体验了大量的失败。有时，我不小心丢落了背上的东西，却已无法拐回头去，但从好的角度来看，反而落得一身松快。此外,我也渐渐弄懂了背上那枚炸弹的种类以及威力。

尽管花了近二十年,至今仍有许多事情做不好,但我想对十四岁的自己说:世上没有任何东西,能够摧毁你。也许当下有谁这样告诉你,你会因为背负的那件"炸弹"似的包袱太过沉重,而难以相信这句话。不过,哪怕此刻背上有千钧重担,这世上也不存在任何足以毁掉你的东西。你没事的,绝对没事的。所有失败,今后都会成为你人生的故事与经历,只需以自己的步调,从容向前即可。去吧。

2022.4.13

起点线

你无法抛下这具肉体,它是你的栖居之处。
你须对它精心保养、呵护,使之成为舒适的居所。
将斑驳的墙皮重新粉刷,修补漏雨的屋檐。
而有时,一些人不敲门便会闯入,
踩着污脏的鞋子,在屋内胡乱走动。
你的家一片狼藉,仿佛趁你熟睡,强盗曾洗劫此处。
喜欢的那只杯子,不知丢在了哪里。
每天例行的事务,也忘得一干二净。
你被困意困住。只想做些不是噩梦的梦。
醒来时,却发觉活在噩梦中。

2018.9.11

在亚利桑那的塞多纳城,我与长久封禁在内心深处的愤怒不期而遇,之后,写下了这篇日记。

我曾笃定地相信,若把人比喻为房子,那么"性",就是房子的地基。所以,当我登上塞多纳的山岩后,瞬间理解了发生在自己身上的一切。

当房子的地基受损后，在此居住的伴侣、家人，以及附近的朋友，也会连带受到影响。前文中我曾提及，刚果民主共和国的医生穆奎格，在东部的布卡武开办医院，致力于为战争中受到性暴力伤害的女性提供医疗救助。他有句名言："强暴，是最低廉有效的战争武器。"我想原因在于，不仅是当事者本人的地基受损，甚至也会伤及她身边的亲人朋友。

回望人类的历史，每当战火、纷争、暴力或侵略行动爆发之时，可以说，妇女儿童必然置身于性虐待、性暴力的蹂躏之中。

如今，俄乌冲突已由数日，延长至数周。自最前线传来的，不仅是战况报道或人性故事，各类性暴力相关的消息，也经由媒体传遍了世界。

本月起，我将进入欧洲，开启我的采访计划。

其实，我原本期望更早一点采取行动，可惜真正给了我契机的是《黑箱》在斯洛伐克的出版。对方负责人发来邀请，希望我参加五月开幕的书展活动。据说，继斯洛伐克之后，波兰也将推出《黑箱》的译本。乌克兰此时正战事延绵，而与之接壤的斯洛伐克，却在筹办出版纪念的读书活动。强烈的反差，实在使人难以想象。好在最终结果是我成功拿到了去欧洲的机票，反正届时拿到的素材，不愁无处发表。

接到出版纪念活动的邀请后，当晚，我做了个匪夷所思的梦。

梦中我是一名高三学生,正和朋友在教室内闲聊。梦的世界里,所有人毕业后皆没有"考大学"这个选项,出了校门必须马上就业。临近毕业的我,慌慌张张开始了求职活动,从某位相熟的渔师那里,拿到了一份需要潜水技能的、关于海洋生态旅游方面的工作 offer。我一向热爱大海,薪资待遇又不错,再加上从中学玩在一起的发小也会进入这家公司,于是,我当即便答应了下来。然而,随着毕业典礼一天天临近,我却陷入了恐慌。我的梦想,明明是从事新闻工作啊!但既然答应了人家,也没法中途反悔,毕竟这个世界里每个人,都必须靠工作独立谋生。跟大海相关的工作,本身也不坏嘛,我如此劝解自己,可内心依旧有点不情不愿。

醒来的瞬间,我在心里庆幸:这只是个梦,真好。

以往,我时常会做些形形色色的噩梦,情节大多攸关生死,所以醒来时往往抚着胸口,如释重负:太好啦,原来我还活着,我爱的人还活着……而这次,内容虽说并无性命之忧,但和过去一样,我依然为它只是个梦而感到安心。

从梦中醒来才发觉,
此刻,我活在梦中。

尽管梦只是梦,但内心深处,我有一些焦虑:自己真的满足于此了吗?

手头这部纪录长片的剪辑作业,已经花费了一年有余。

同时也因为受疫情影响，直接去往时事现场，对事情发生地的人进行采访的机会大大减少。想到这里，我恨不能立即应约飞往斯洛伐克，并抬手写了封邮件，询问能否把返程的机票，从到达当地的四天后，改为一个月后。

回首过去，我的职业生涯，是在动摇了身体根基的性暴力事件之后，仿佛听见发令枪"砰！"的一声巨响，我便猛然开始发足狂奔。该如何用语言去描述这段经历，自己该有怎样的感受……关于这一切，都是我在混乱无序中一点点摸索出来的。

自从站上一条预期之外的起跑线，突然间开始全力冲刺，时光已过去七载之久。而我投身的世界，正是梦想中"为他人传达声音"的新闻工作。

我邂逅了形形色色的人，与之沟通、分享感受，将他们的声音传递给社会大众。不知不觉间，我曾经裂隙丛生的根基，被每一位邂逅者用熨帖的话语，逐一修补、弥平了。

开始随笔写作后，我发觉这份工作形同于揭开血管，观察自己血流的颜色。我不知该如何"采访"自己，有时甚至焦虑到无法呼吸。然而，我的内里之所以流淌着健康的血液，或许因为，我坚定站立的这块根基，在此之前曾无数次得到大家的修复，断片裂纹一再被小心翼翼地用金丝金粉镐回原样。我在本书中写下的每一个字，不仅属于我自己，更属于每个我所邂逅的人。

谢谢。是你们，使我安稳站立于得到加固的根基之上。在名为"我"的这座房子里，我会好好活下去，不断开启新的对话。或许，正是你们的存在，使我以这部随笔集为开端，站在了新的起点线上，听到了新的发令枪响。

起步之时，我曾想不明白，自己为何如此不顾死活地拼命狂奔，但面对本书写作临近尾声的此刻，我有点理解了当初奔跑的理由。

2022.4.16

醉笔

我有个"醉笔精选集"。

所谓醉笔,如字面之意,是酒后写下的文字。据说它原本是个专业术语,特指醉中走笔,而诞生的书法字画。不过,今日我拿这个词来用,还是人生头一次。

有款名叫"Vivino"的品酒应用软件,用户只需给瓶身的标签拍张照片,页面就会蹦出与该款红酒相关的详细资料,同时用户还可以自行撰写饮用感受。这款应用成了我发表"醉笔"的最佳平台。

为了便于记录品尝过的美味红酒,我开始给每一款酒写"饮用笔记"。截至今日,已经写了超过一百五十篇短评。最初,我写得十分认真,为了表现出每款酒的独特个性,而仔细斟酌着措辞。随着醉意慢慢上头,或者随着品尝的红酒种类越来越多,我开始觉得浮皮潦草的泛泛之词,不足以精确形容自己的感受,于是经常嘴里嚼着酒,随意抓取那一刻脑中浮现的词语火花,开始了"醉中走笔"的创作。

每支酒的相关条目里,会同时标注它相应的价格(以美国的市场售价为参考),实在是款非常方便的应用,我向喜爱红酒的朋友们大力推荐。前阵子朋友问:"你都在上面写些什么呀?"于是,我和她把这些"醉笔"打开来重温了一遍。哪想到,一串串没喝酒时绝对冒不出来的语句,看得我惊讶连连。以往一门心思只顾写感想,并不曾二次品味过同一款酒,所以当时到底为何写出这样的备忘文字,我已完全没有印象。但我猜,一定是有些感受不吐不快吧。

"在覆满落叶的松软土地上,无所事事地东游西逛。"

"酒香如拉风跑车崭新的红色皮革座椅,口味如峰不二子[1]一般。"

"跳入月河,被月光包裹和载满清爽的葡萄柚与洋梨的一叶扁舟。"

"杏树学园的年级委员长。"

"味道醇香,好似精美的古董家具。"

"酒香如三丽鸥彩虹乐园,口味如泥土芬芳。"

"图书馆的静谧与坚强。"

"后味儿像轻松的圣诞市场,散发柔和的木质香调。"

以上。我只挑选了若干条最需要动用想象力的短评(从英文笔记翻译而来)。至于这几款酒具体什么味道,我早已回想不起来了。

晚餐开始前,在开胃酒时间,我和朋友会打开应用瞄上

---

[1] 峰不二子(Mine Fujiko):日本漫画家加藤一彦的系列作品《鲁邦三世》衍生动画和漫画系列中的女性角色,是一名职业盗贼。1967 年首次登场于《周刊漫画 ACTION》,被称为动画史上最具代表性的女性角色之一。

几眼，相视偷笑。最近，这已成为我们快乐的来源。忠实于自己的感受，不必纠结如何措辞，创作表达这件事，可以没有任何边界与限制——这，是醉意朦胧的我教会自己的道理。

2022.4.18

团地的摇篮

五岁之前,我都生长在传统的团地[1]。

对幼年的我来说,团地似乎代表了整个世界。

小区内不仅设有超市、酒铺、用于集会的公园等,甚至还有宽阔的广场,以便孩童们不定期举办运动会。

住户不仅有上年纪的老夫妇,更有与我同龄的小朋友及其家人,再加上不远处还有座森林(实际只是片小小的杂木林),一切如此完美。

时至今日,偶尔我来了兴致,渴望寻回些失落的记忆碎片,也曾好几次重回故地,去团地走走看看。昔日与我一起四处奔跑戏耍的小伙伴,已经没有谁住在这里。望着褪色的墙皮、沉寂萧条的建筑,仿佛旧日的世界早已消失,不复存在,心中多少有些寂寥。过去在我眼里宽广无际,似乎没有尽头的团地,实际上小又紧凑,狭窄到令我吃惊。不过,看到小公园的滑梯多年来依然站立在老地方,又感到一丝安心。

我家从团地搬至一栋独立的小楼以后,我分到了一间属于自己的儿童房,可以抱着柱子爬上爬下地玩耍,倒也快乐。

---

[1] 团地:为日本和制汉语名词,指日本二十世纪经济腾飞期,由政府投资兴建的大型密集廉价的住宅区,小区内附商店、医院、学校等各类公共设施,以满足城市化过程中快速增长的居住需求。

不过，却再也没有了可以隔着阳台谈天的朋友。

尽管还是小孩子，搬家之后，我也初次领会到了家庭与家庭之间的差距。

在团地时，家家户户都是同样的格局，过着大致相同的生活。而在团地之外，朋友家从房子，到家庭模式、成员构成，真可谓参差百态。所以每次别人邀请我去家里做客，我总喜欢请对方带我去每个房间"游览"一番。

如今，我已无法回到那个"团地就是全世界"的孩童时代，至于团地本身，大概也难再恢复昔日的活力。而内心的某个角落，我仍忍不住怀念到处都有孩童喧闹、奔跑的团地生活。

成年以后，有一次，我也曾迷失在某片团地的世界里。

在远离莫斯科市中心的大型居民区内，楼群延绵，类似于日本团地的集体建筑一座挨一座。气温零下三十度的严冬之日，我在这样的团地里成了迷路的孩子。放眼四望，只见一片团地。白雪裹挟着阴郁的寒风，我仿佛忘记了自己的来处，瞬间被打回到幼年时代，在眼前这片团地之海中走投无路。奇迹般逮到一位路人，向对方打听目的地该怎么走，对方自信满满，随手给我指了个方向。尽管如此，我仍然没能摸索到去当时交往的男友家的路。

最终，我心说只要是个暖和地方，管它哪里都行啊，朝团地附近的车站走去。在冷冷清清的车站旁，总算找见一家开门营业的咖啡屋，忙不迭冲了进去，啜着放了果酱的热红茶，等待男朋友前来搭救。

至今我也依然费解，但在二〇一〇年的莫斯科，有人曾告诉我，随便叫住一辆面前路过的车子，只需告诉驾驶人自己想去何处，就能像拼出租车一样，被带往目的地。可是，自己对过路人的语言，甚至街道地图全部一窍不通，感觉一旦上了陌生人的车，说不定这辈子别再想回来，于是我就拿不出冒险的勇气。

走在俄罗斯街头，兴许是太过寒冷的缘故，来来往往的行人全部眉头紧锁，阴沉着脸，一副生人勿近的神色。但出乎意料的是，在有一天晚上，当我走入一间俱乐部，只见身穿迷你裙的女孩们正欢快舞动，仿佛室外冰点以下的严寒与这里全无关系。而且，俄罗斯人只要跟你稍微熟络以后，会特别特别友好。在莫斯科那段日子，朋友得知我这人比较爱吃，甚至特意带我去品尝过传统的格鲁吉亚料理。

考虑到万一喝多了，待会儿该如何回自己住处呢？可单喝红茶的话，又感觉不过瘾，于是，我吃了一份放有大量Smetana牌酸奶油和鲑鱼子的"鱼子酱卷饼"。我也是去了俄罗斯后才知道，原来日语中鲑鱼子酱（Ikura）这个词，是从俄语来的。

当时，据我所见，莫斯科城内所有的标志牌，皆是用俄语写的，就连地铁里也见不到任何英文标识。所以为了避免迷路，我拼命狂记了一些最基础的俄语。尽管如此，还是迷了路。

之所以忆起团地的往事，契机是在桑拿房听到了一条消息。

昨天是周日，我从早晨起便骑单车去了附近的一间大型洗浴城。因为最近迷上了洗桑拿。在桑拿房最讨厌的事，就是电视机总时时刻刻地开着。可以说，每一次去洗桑拿，都使我再度确认了自己在家从不看电视的理由。就这样，我有一搭没一搭地瞄几眼电视里的节目，当广告开始后，就跳进冷水池里泡一泡。

早间的新闻节目，播报了一则消息：惠比寿电车站取消了所有的俄语导引。我坐在桑拿房最高层、最燥热难耐的地方，想起某个严寒天气里，自己在莫斯科郊外的团地里迷路的往事。

我扑进冷水浴池，品味着不变的快感，同时内心之中，又泛起一段残留已久的不悦回忆：在美国读高中那会儿，学到轰炸珍珠港这段历史时，班上的同学集体向我投来了异样的目光，反之，老师又给了我一些毫无意义的、额外的关照。

摘除所有俄语标识，绝不可能是靠俄语生活的人提出的诉求。

人们究竟希望从何处索求安全感呢？难道说，非要通过排斥什么，方能感到安心？

2022.4.18

我回来了

时隔三年，我又回到了伦敦。回到明美生前的家，敲了敲门（她家没装门铃，只有用来叩门的金属件）。二〇一九年与明美结婚的理查德，微笑着为我开了门。我和明美一同生活了大约两年。其间，有时会回日本出席庭审，或执行采访任务，有时会去其他国家出差，因此并非所有时间都和她待在一起。但这里，依然是我的家。

迈入玄关，厨房飘来好闻的香味。明美搬入理查德的房子，是在我以她的公寓为工作据点大约一年以后。两人好不容易开始同居，正处于蜜月期，我却要在一旁叨扰，充当电灯泡。不过，明美和理查德待我如一直陪伴在侧的家人，使我感受不到一丝拘谨。

厨房里摆着一册食谱，封面印着只大大的柠檬，上写"SIMPLE"一词。理查德像个科学家，总是精确测量食材的用量以及烹饪时间，严格按照食谱来做菜。"我可绝对办不到。"听我这么讲，理查德答道："这是因为我厨艺很烂，非得照着食谱来弄，不然做不出菜来。"夹着书签的两页，一是"盐肤子、洋葱、松子，拌番茄沙拉"，一是"中东混合香料配鹰嘴豆"，估计是今日的两道主菜。餐桌上铺着时髦而色彩艳丽的桌布，是某次圣诞节我送的礼物。

理查德会趁做菜的间隙，把用过的脏盘子顺手清洗干净，这点让我格外佩服。"需要我帮忙吗？"我问，理查德却对手中的料理工序开始了详细的解说。生怕打断了科学家的作业流程，我索性坐在餐桌后，望着他闲不住手地忙东忙西，与他唠起了家常。略带酸味的中东香草碎，看起来好似日本出品的YUKARI牌拌饭料，佐以红葱头与松子，拌成一道番茄沙拉，外加满满的鹰嘴豆和口感微干的意面，可谓是绝佳的搭配。

我们聊着阔别三年来各自的经历，以及最近英国的政治动态，仿佛只是在回忆昨天吃了些什么一样。最后，以酸奶搭配理查德自制的草莓蜜饯为甜品，结束了这顿大餐，看看表，时间已过深夜十二点。

眼皮打架地强忍睡意，跑上久违的楼梯时，双脚却熟知踏过的每一步台阶。我脑子里醉意恍惚地寻思：莫非，自己其实只是小小地出了趟差而已？眼前的客房，几年来一直作为我的卧室使用，此刻依旧摆放着我的物品。圣诞卡片、卷发棒……一件件我惯用、却弃置许久的东西，如同时间胶囊。

次日早间，我将一座刻有"年度新闻记者"字样的玻璃奖杯交给理查德，摆在了明美的照片旁。近两年来，我忙于纪录片的剪辑制作，并未做过什么具有新闻性、实时性的报道工作，在全球青年高峰论坛上接过这座奖杯时，心情可谓复杂难言。不过，它也是我个人打破了"经由第三方视角进行客观报道"的新闻原则，所从事的一系列活动，最终获得认可的证明。因此，我要挺起胸膛，向帮助我实现这一切的明美自豪地汇报。

我在明美的家中写出了《黑箱》，与BBC合作拍摄了纪录片《日本之耻》，将在日本出生成长的女性，所背负的种种痛苦焦虑，悉数暴露于日光之下。因为"把家丑外扬，闹到国际上去"，而被日本国人痛骂为反日记者。假如我对日本的未来漠不关心，当初就不会实名实姓、真人出镜，站到公众面前发言。是明美，分担了我的惶恐与焦虑。也是在她的援助下，我才能尽快将日本的家视为安心的居所。

"诗织，欢迎随时回来哦。"走出家门，理查德挥手道。

我与明美已天人永隔。但明美和理查德为我打造的家，仍牢牢扎根于我的心底。今后，但愿我也能成为给予他人安心感的家。

I am home.

我就是家。

代后记

持续五年的民事诉讼，终于画上句号。上周（二〇二二年七月二十日），我举办了一场媒体见面会。"恭喜恭喜！"面对着众人的问候，我却有一丝茫然。之后，也如同漂浮在茫茫大海，始终恍惚而淡漠。

伴随着这种漂浮感，我把近一年间零零星星写下的随笔校样回头重读了一遍。对于笔下的旧事，许多我已彻底没有了印象。生活中的事，一旦成为过去式，哪些是日常，哪些是记忆，便开始暧昧难辨。

大致来说，本书收录的随笔中，篇末附注的日期，都是那篇稿件提交的日子。最初有些文字，因为我想不到合适的语言去归纳为成形的文章，便沉睡在电脑文件夹里，差点被遗忘，后来才重新动笔完成；有些，是对过往经历的回忆，或把从前的日记翻出来，添上几笔新的感想。因此，它们和实际的时间线多少存在一些出入，也无法按照主题来区分归类。不过，这种前后参差错落的感觉，才是记忆最自然的呈现。

性侵事件发生后，七年岁月流去。当日，逃命一般离开酒店，我的世界顿失色彩，沦为一片肃穆的黑白。望向出租车窗外，所见却截然相反，在樱花的渲染下，街头一派绯红。

那天早晨，我二十五岁。今天，已经三十三岁。

"我希望你能正常结婚，过上幸福的生活。"

当我向家人坦言，自己决定把性侵受害的经历公之于世时，父亲如此劝阻。大概在他看来，我恰好处在应当谈婚论嫁的年龄吧。而他的恐惧是，假如我将自己遭遇了强暴之事公之于众，会从此偏离他想象之中那条结婚、生子的幸福人生路。在此之前，尽管我没有太过强烈的感受，不过看来，在他眼里，我终究是个"女儿"。家人们与父亲态度一致，极力反对我的决定。

父亲口中所谓"平凡的幸福"，也许像一片用小小模具刻出来的原味饼干。这块模具，盛不下大颗的巧克力。至于散发甜香的多余的面团，也无法派上其他用处。而我只希望自己动手，烤制形状更厚实、更具饱足感的饼干。撒满了各种点缀的饼干底，在烘焙出炉后，也许大大小小、形态不一，味道如何更无法保证。但吃着这些丑丑的饼干，不妨坦然一笑。我的幸福，当由我自己挑选、亲自确定它的形状，想必也尝不出后悔的味道。

性侵发生后，我甚至害怕看见曾经最爱喝的酒。尤其是日本酒，好几年来碰也不碰。因为它会勾起那一晚在寿司店的记忆。当时为何脑子会彻底断片儿，即使在今天，我也没有答案。三十三年来，喝酒醉到神志不清的体验，确实只有当晚那一次。

当时，即便我个人提出请求，警方也没有开设关于"约会迷奸药物"的检测项目。而如今，警视厅下达了通知，假如在调查中判定加害方有使用迷奸药的嫌疑,即可进行检测,彻底保全证据。时代确确实实在进步。我曾对外出饮酒之事惊恐不已,但移居伦敦后,有了新的家,我又重新找回了和伙伴们在酒吧里把杯畅饮的能力。

身为受害者的我。
身为新闻记者的我。

活下来,一步步走到今天,过程中,两个"我"时常发生角色交叉。

面对自己的受害事件时,我尽量采用第三方视角,以新闻记者的职业态度,配合完成采访;面对他人遭遇的性暴力时,我则以受害者的第一视角,寄予对方最大程度的情感支撑。两个"我"同时存在,实在为难。但大多数时候,我都开启新闻记者模式,竭力把目光投向外部,克服了这份自我冲突。内心之中许多未能打上标签、标记清楚的感受,皆沉沦于深水,迷失了出路。

每当此时,《裸泳》的责编堀由贵子总是二话不说,不停给我寄来各种新书,仿佛在向我投送救生圈。写作《黑箱》时,我(自认)尽量抽离了个人情感,以一名新闻记者的专业视角,围绕事件本身进行陈述。该书出版后,在接受《世界》杂志的采访时,我初次结识了堀由女士。与我同为八〇年代出生的她,心思细密、待人周到,但不经意间,也会从严谨的外表下流露出一些活泼圆融的思考。

动笔书写《裸泳》这部随笔集,是在大约一年前。而隐隐约约冒出选题方面的想法，则在大约两年前。但从更早以前，写书之事还未有一丝眉目时，堀由便好似心血来潮，时不时给我发送各种书籍、音乐、播客、新闻报道的资料。有时我提不起情绪，对寄来的书连翻开的动力都没有，但必要之时，这些被冷落的书，会立刻活跃起来，充当起"人生辞典"。我犹如开启了寻宝之旅，四处冒险，邂逅崭新的表达与感受，找出那些未能得到定义，并诉诸言语的东西。

其中，朱迪思·刘易斯·赫尔曼[1]的《创伤与复原》(*Trauma and Recovery*) 为迷途的我，指明了将解离的意识与情感，重新弥合的方法。

> 这是一本有关重建关联性的书：无论是在公众领域与私人领域之间，个人与社群之间，还是在男性与女性之间。（引自《创伤与复原》序文：记住暴行，揭露真相。[2]）

翻译过来的语句，或许略显生硬，但它使我领悟到：以往的我，以"新闻记者"与"受害者"两种身份同时分裂地存在，找回这二者之间的纽带，重建关联性，对我而言，便意味着心灵的复原。

创伤复原的主要阶段为：建立安全感，创伤叙事的重

---

[1] 朱迪思·刘易斯·赫尔曼（Judith Lewis Herman, 1942—）：美国心理学家、作家、哈佛医学院精神病学名誉教授，主攻性虐待与创伤应激治疗。
[2] 此处译文参考《创伤与复原》，机械工业出版社，2015年8月版。

构,修复幸存者与其社群之间的关联性。(出处同上)

创作《黑箱》时,我之所以尽最大可能保持一种客观的立场,原因在于,当时身为受害者,我拿不出足够的能量与充分的时间,将自己的心灵伤痕(心理创伤)进行言语化的加工处理。然而,在这本书中,我采集了许多词语,用来描述自己曾经不愿正视的心理创痛,终于拥有了将那段经历拆解、重组,化为日常语言去加以剖析的能力。而这种复原的过程,我想今后仍会持续。

在写作《裸泳》的过程中,我同样经历了种种变化。其中最大的转变,是发觉自己从"幸存"进化到了"活着"。假如不经过一个"言语化"的过程,这份改变恐怕也会悄无声息,从我的意识触角下溜走吧。当然,感受这种东西不存在所谓正解,但我能将它们付诸言语,描述出来,与阅读本书的大家分享,本身就是件值得开心的事。

前天,我受到格蕾丝的款待,上门叨扰,照例又饱餐了一顿火锅。格蕾丝似乎也收看了上周的媒体见面会,对我如此说道:

"和当年不一样,此时此刻,你还是那个总在我家痛快地喝着小酒、吃着火锅的诗织。真好。"

所以,我不再是作为"受害者",也并非作为"新闻记者",或许,终于能够作为诗织本人,来讲述自己了吧。

身为受害者,就不能笑?失去了谈恋爱的资格?身为新闻记者,就不该谈论自身?多少本应发出的声音,被一波又一波的偏见所抹杀。

在海浪中裸泳的一刻,便是我作为我,而活着的瞬间。

图书在版编目（CIP）数据

裸泳 /（日）伊藤诗织著；匡轶歌译 .-- 北京：中信出版社，2023.9
ISBN 978-7-5217-5795-8

I.①裸… II.①伊…②匡… III.①散文集－日本－现代 IV.① I313.65

中国国家版本馆 CIP 数据核字（2023）第 108274 号

HADAKA DE OYOGU by ITO Shiori
Copyright © 2022 ITO Shiori
All rights reserved.
Original Japanese edition published by IWANAMI SHOTEN, PUBLISHERS in 2022.
Chinese (in simplified character only) translation rights in PRC reserved by Shanghai Elegant People Books Co. Ltd., under the license granted by ITO Shiori, Japan arranged with IWANAMI SHOTEN, PUBLISHERS, Tokyo through Bardon-Chinese Media Agency, Taiwan.
本书仅限中国大陆地区发行销售

裸泳
著者： [日]伊藤诗织
译者： 匡轶歌
出版发行：中信出版集团股份有限公司
（北京市朝阳区东三环北路 27 号嘉铭中心 邮编 100020）
承印者： 北京市十月印刷有限公司

开本：787mm×1092mm 1/32　印张：8　字数：167 千字
版次：2023 年 9 月第 1 版　印次：2023 年 9 月第 1 次印刷
京权图字：01-2023-4250　书号：ISBN 978-7-5217-5795-8
定价：58.00 元

版权所有·侵权必究
如有印刷、装订问题，本公司负责调换。
服务热线：400-600-8099
投稿邮箱：author@citicpub.com